LIPSTICK & LUIERS

Irene Smit

LIPSTICK & LUIERS

okt 2004

© 2004 Irene Smit en Uitgeverij Sirene, Amsterdam
Omslagontwerp Studio Eric Wondergem BNO
Illustratie voorzijde omslag James Dignan / Unit CMA
Foto achterzijde omslag Jan-Paul Jongepier
Zetwerk Stand By, Nieuwegein
Druk Bercker, Kevelaer
Uitgave juni 2004
Alle rechten voorbehouden
Uitgeverij Sirene is een onderdeel van Uitgeverij Maarten Muntinga bv
www.sirene.nl

ISBN 90 5831 316 6
NUR 301

Het belangrijke punt dat een moeder zich moet realiseren is, dat hoe jonger het kind is, hoe meer behoefte hij er aan heeft, geregeld een liefhebbend wezen om zich heen te hebben dat voor hem zorgt. In de meeste gevallen is het de moeder die hem het best dat gevoel van 'bij-elkaar-horen', van rust en veiligheid kan geven. (…) Als een moeder zich helemaal kan indenken hoe onnoemelijk veel dit soort zorg voor een klein kind betekent, zal ze er hierdoor misschien eerder toe komen het extra-geld dat ze kan verdienen, of de bevrediging die het werk buitenshuis haar misschien kan geven, ten slotte toch niet meer zo belangrijk te vinden.

Dr. Benjamin Spock, *Baby- en kinderverzorging*

Parijs 2002. *Het is echt waar. Ik ben het! Ik ben zwanger! Ver-bijsterd kijk ik naar de roze stip op het staafje voor me. Het is echt heel erg roze. Niet een beetje vaag of lichtroze. Nee, suiker-spinroze. Het roze van de twinset in de show van Chanel giste-ren. Het roze van die ene lipgloss van Estée Lauder. Het roze van meisjesbaby's. Ik krijg een baby! Verdwaasd laat ik me op bed zakken. Dit is zo onwerkelijk. Was Robbert hier maar. Hij wordt vader! Zal ik hem bellen? Of zal ik het pas vertellen als ik thuis ben? Ik staar naar het bloemetjesbehang van mijn hotel-kamer en voel me ineens heel alleen. Ik wil niet nog twee dagen naar modeshows. Ik wil thuis op de bank zitten bij mijn echt-genoot. Ik wil dat hij met tranen in zijn ogen over mijn buik wrijft, mij gelukzalig aankijkt en zegt: 'Je maakt me de geluk-kigste man op aarde.' (Haha.* No way *dat hij dát zal zeggen. Het leven is geen soap!)*

Eigenlijk is het heel symbolisch: modeweek in Parijs en ik ben zwanger. De kleding die deze week wordt geshowd, hangt komende winter in de rekken. Dan is dit kleintje er ook. Ik duw mijn borsten heen en weer. Voelen ze nou echt anders? Daar hebben die zwangere types het toch altijd over? Ik geloof het wel. Nu snap ik ook waarom ik gisteren zo moe was. Ik trók het niet meer toen ik bij de Dior-show stond, en tijdens het etentje met mijn modecollega's viel ik bijna in slaap. Zelfs de Moët & Chandon kon me er niet bovenop helpen.

Shit, alcohol! Afgelopen maand heb ik minstens vijf beauty-presentaties gehad en na afloop bij allemaal champagne ge-dronken. Vanaf nu raak ik geen druppel meer aan!

7

Ik klap mijn mobiel open om Robbert te bellen, maar schrik als ik de tijd in het schermpje zie staan. Negen uur al! Help! Ik moet opschieten om op tijd bij de show van Gaultier te zijn!

Schuldgevoelens over: meisje-jongenkwestie, tien dagen in bed liggen, soapseries kijken tijdens het borstvoeden.
Irrationele gedachte: ik moet nu echt iets gaan doen.
Vervangen door: ik ben net bevallen en mag best voor me laten zorgen.

'Het is een meisje!' roept Robbert met overslaande stem. Verbeeld ik het me of klinkt er triomf in door? Een meisje?! Hoezo een meisje?! Ik wist vrijwel zeker dat het een jongen zou zijn. Beelden van een langbenige puber in minirok met sigaret in de hand vliegen door mijn hoofd. Dan krijg ik een nat lijfje tegen me aan gedrukt. Verwonderd kijk ik naar het kleine aapje dat negen maanden in mijn buik heeft zitten spoken. Krijsend kruipt het tegen me aan.

Gelukkig. Dit voelt goed.

Dik twee uur later zijn de verloskundige en de kraamhulp weg en blijven we alleen achter met de baby. We staren verdwaasd naar het nieuwe wezentje dat tussen ons in ligt op het aankleedkussen. 'Wat is ze mooi hè?' We zeggen het allebei minstens tien keer. En kijken elkaar dan gelukzalig aan.

Dit is het dus: het ultieme geluksgevoel waar je kersverse ouders altijd over hoort zwijmelen. Het lijkt in de verste verte niet op het gevoel dat ik had in Peru een paar jaar geleden, toen we de weg kwijt waren en na uren eindelijk een dorp vonden. Het is ook een ander gevoel dan toen ik de baan kreeg als redacteur bij *Women's world*. Het voelt zelfs anders dan toen Robbert me in Belize – op een wit palmenstrand, ja zeker! – ten huwelijk vroeg. Al die momenten dacht ik dat ik waanzinnig gelukkig was. Maar dit is het echte werk, dit is niet te vergelijken met al het andere. Niets geen 'hangmat waarin je lui ligt in een wezenloze stilte', zoals Frank Boeijen zingt (logisch, die man weet niets van bevallen). Het is meer een cocon van zachte watten die om je heen zakt. Luchtledigheid en een zwevend gevoel tegelijk. Alsof iemand over je rug kriebelt terwijl je kopjeduikelt in het heelal.

Ik ben moeder! Ik heb een kleintje! Het is van mij en ik ga er mijn leven lang voor zorgen. Wat me tien jaar geleden nog vreselijk benauwde, lijkt me nu het mooiste dat er is. (Plus natuurlijk ooit een keer hoofdredacteur worden van *Women's world*, of beter nog, van *Vogue*. Ha!)

Oké, het voelt niet alleen maar goed. Als om halfzeven 's ochtends de baby keihard begint te huilen na een nacht waarin ik nauwelijks een oog heb dicht gedaan, maakt mijn gelukzalige stemming plaats voor complete paniek. De harde realiteit dringt tot me door. Ik heb een baby. Maar wat moet ik ermee? Wat weet ik er van?

Voor elk stompzinnig ding in je leven kun je een cursus volgen. Van autorijden tot klussen in huis. Van een fietsband plakken tot een kalkoen klaarmaken. Zelfs voor het bevallen en borstvoeding geven zijn cursussen. Maar waarom is er niet een workshop 'kids voor beginners'? Ik weet niets, niets! Niet hoe ik de luier moet omdoen (wanneer moet dat eigenlijk?), niet hoe ik haar moet wassen en niet hoe ik moet zorgen dat ze stil wordt als ze huilt. En dan heb ik het nog niet over ingewikkelde zaken als die rare wasknijper op de navel en die vreemde zachte plek op het hoofd. Mag ik eraan komen? Houd ik haar goed vast? Zo niet, hoe dan wel? Waar is dat moederinstinct dat boven hoort te komen? Ik voel niets, ik weet niets en ik kan niets. Geen instinct te bekennen. Is het misschien verdwenen toen vrouwen gingen werken? Heeft het feminisme het moederinstinct om zeep geholpen? Zou het kunnen dat de vrouwelijke intuïtie op zorggebied heeft plaatsgemaakt voor normaal verstand en kennis van zaken? Gaat dat niet samen?

Waar blijft verdomme die kraamhulp? Ik kijk Robbert wanhopig aan, maar hij kijkt helaas net zo wanhopig terug.

'Zullen we naar de Kraamvogel bellen om te vragen of ze eerder komen?' stel ik voor als de baby blijft huilen.

Anderhalf uur later word ik uit mijn lijden verlost. 'Wat een mooi meisje,' zegt het prototype moeder dat naast mijn bed staat. Kraamhulp Marijke is mollig, zorgzaam en draagt, echt waar, een wit uniform met sandalen. Dat boezemt vertrouwen in! Zouden ze erop worden uitgekozen? Terwijl de tranen achter mijn ogen prikken, wijs ik naar de baby die ik in de wieg heen en weer schommel. 'Ze heet Tara, ze huilt de hele tijd en van die borstvoeding snap ik geen bal.'

Het boekje *Borstvoeding, zo doe je dat* ligt nog ongelezen beneden in de kast. Eelke heeft het me vier maanden geleden in handen geduwd, tussen een stapel babykleertjes van haar kinderen. Ik ben er nooit in begonnen, want dat voeden leek me een kwestie van melkproductie, iets waar ik zelf weinig vat op had. Maar het begint me langzamerhand te dagen waarom er hele boeken over vol zijn geschreven.

'Meid, maak je niet druk. Voordat ik hier over een weekje weg ben, kun jij in vier verschillende standjes voeden! Vandaag beginnen we met de rugbyhouding.' Marijke is één bonk zelfvertrouwen. 'Weet je wat, we proberen het meteen.' Ze haalt de baby uit de wieg. Terwijl ik vol bewondering toekijk hoe handig en zelfverzekerd ze haar vasthoudt, stut ze een kussen onder mijn rechterarm, legt daar de baby op en duwt mijn tepel richting babymond. Na een paar seconden zit Tara aangeplugd en lijkt ze zowaar te drinken. 'Je hebt een beetje een vlakke tepel, maar dat geeft niet, dat wordt vanzelf beter. En anders doen we er eerst een koud washandje tegenaan zodat je tepel strakker wordt.'

Vlakke tepel?! Pardon? Is het nog mijn schuld ook! De báby moet dat toch leren? Zíj moet er toch melk uit zien te krijgen? Wat kan ík daar nou aan doen? Ik lig hier in mijn bed met ik weet niet hoeveel hechtingen 'in het onderkantje' (kraamhulptaal, gruwel), nogal een wonder dat ik geen strakke tepels heb! Mijn boosheid ebt echter snel weg als ik Tara zoet haar best zie doen. Ze ziet er zo aandoenlijk uit met haar pluizige haartjes en kleine roze lijfje.

'Het is gelukt,' meld ik trots als Robbert even later de slaapkamer binnenkomt met twee kopjes thee. 'Ze heeft gedronken!' Hij werpt een geile blik (of verbeeld ik me dat maar?) op mijn nieuw verworven cup dubbel D. Of iets wat daar op lijkt, want het voelt alsof mijn borsten direct onder mijn kin beginnen. Dat wordt nog erger, heeft Marijke net verteld, want de dagen van de stuwing komen nog. Een hemels vooruitzicht.

'Kan ik ook wat doen?' vraagt Robbert schutterig. Hij staat er verloren bij. Hij moet natuurlijk net zo hard wennen aan de baby als ik. Logisch, gisterochtend om deze tijd was ze er nog niet eens. Marijke kijkt hem glimlachend aan. 'Misschien wil je helpen Tara in bad te doen,' zegt ze, 'dan weet jij vast hoe dat moet.' Samenzweerderig verlaten ze de slaapkamer. Ik zou wel mee willen, maar heb nog geen puf om op te staan. Ik zal het toch later nog wel kunnen leren?

'Ben je blij?' vraagt Marijke als we een uurtje later weer met z'n tweetjes zijn. Kan ik het maken om tegen Marijke te zeggen dat ik het moeilijk vind, zo'n meisje? Dat ik hoopte dat het een jongetje zou worden? Ik had me een stoer jochie in een tuinbroek voorgesteld, dat zou voetballen met z'n vader. Zo'n knulletje dat onder de modder thuis zou komen na een middag spelen met zijn vriendjes en dat grote boterhammen met pindakaas zou eten. Een Petje Pitamientje dat ik mee zou nemen naar kantoor en de redactie van de *Donald Duck* zou laten zien. Een ventje dat aan mij zou vragen wat een lipstick is en na mijn uitleg zou zeggen: 'Stóm zeg, echt iets voor méisjes.' Dat leek me grappig.

Vertwijfeld kijk ik Marijke aan. 'Ja, ik ben gelukkig,' zeg ik, 'maar het is even wennen hè, zo'n meisje,' voeg ik er aarzelend aan toe, terwijl ik rechtop in bed ga zitten.

'O ja, hoezo?' Ze kijkt me verbaasd aan.

'Ik had meer een jongen verwacht, geloof ik.'

'Grappig dat je dat zegt. Veel vrouwen willen juist graag een meisje.'

'Ik niet,' zeg ik vastberaden. 'Meisjes zijn altijd superkattig. Ze willen de hele tijd met poppen spelen en in roze prinsessenjurken lopen. Ik had op een jongetje gehoopt. Dat zou stoeien met Robbert en in de boom zou klimmen in de tuin. Het vóelde ook als een jongetje in m'n buik. Hij zat de hele tijd keihard te trappen. Ik heb ook voortdurend tegen hem gepraat alsof het een jongetje was. Nu lijkt het helemaal niet te kloppen, net of dit niet echt uit mijn buik is gekomen,' zeg ik met overslaande stem. Het huilen staat me nader dan het lachen.

Marijke kijkt me begripvol aan. 'Je bent niet de eerste die verbaasd is omdat er iets anders uit de buik komt dan verwacht. Wat dat betreft blijkt die moederlijke intuïtie niet altijd te kloppen. Een meisje is echt heel gezellig.' Ze geeft me een bemoedigend kneepje in mijn arm en knipoogt. 'Ik heb zelf twee dochters en het zijn schatten. Inmiddels zijn het twee eigenwijze tieners en ik vind die verhalen over popsterren en idolen heerlijk. Net of ik mijn eigen jeugd opnieuw beleef.'

Opgelucht ga ik weer liggen. Blijkbaar komt het dus vaker voor dat vrouwen zich vergissen. Misschien is een meisje helemaal niet zo erg. Die kan trots aan haar vriendinnetjes vertellen dat mama bij *Women's world* werkt en alle beautyverhalen schrijft. Of zou ik al hoofdredacteur zijn tegen die tijd? Op welke leeftijd kunnen ze sowieso dit soort zaken melden aan vriendinnetjes? Ik kan ook met haar naar de *Tina*-dag gaan natuurlijk. En het *Groene Boekje voor Meisjes* doornemen.

Als Marijke de deur uit is, komt Robbert naar boven. Hij gooit een reuzereep Milka-chocola op bed. 'Hier, dat heb je wel verdiend, knappie!' Hij pakt Tara in een vloeiende beweging van mijn schoot (shit, zelfs hij kan het handiger dan ik) en legt haar tegen zijn schouder. Zijn halflange donkere krullen vallen over haar hoofdje. Het lichtblauwe GAP-pakje van Tara steekt fel af bij de donkerblauwe schipperstrui en jeans van Robbert. Ik krijg een brok in mijn keel en stop snel een stuk chocola in mijn mond.

'Lukt het een beetje beneden,' mompel ik met volle mond, 'ik hoor vaak de telefoon gaan.' De chocola doet meteen zijn werk en ik voel me rustiger worden.

'Er wordt wel veel gebeld. Je moeder heeft de hele familie al ingelicht, vrees ik. Iedereen wil langs komen natuurlijk. Je ouders zijn trouwens onderweg, en mijn moeder ook.'

Ik draai me op mijn zij en kruip in de foetushouding. Chocola is lekker. Chocola geeft troost. Robbert is lief. Een meisje is vast ook leuk.

Help! Ik snap er niets van. Inmiddels zijn we twee weken verder en ik heb nóg niet door hoe het werkt. Vermoeid plof ik op de bank, zet de televisie aan en begin te zappen. Het is zes uur 's avonds en ik ben kapot. Ik heb vandaag voor mijn gevoel uren met Tara rondgelopen om haar stil te krijgen. Nu slaapt ze eindelijk, maar voor hoelang? Angstvallig houd ik de kinderwagen in de gaten die in de hoek van de kamer staat. Tara is muisstil, maar ik durf niet te gaan kijken, dadelijk wordt ze weer wakker.

Wat is het ingewikkeld, zo'n kind. Elke keer dat ik denk: dit is haar schema en zo moet het, wil ze ineens wat anders. Zou mijn aanpak misschien niet werken? Ik probeer bij Tara structuur te vinden, net als op mijn werk. Als ik een artikel schrijf, verzamel ik informatie, zoek de onderliggende verbanden op, breng structuur aan en ga er vervolgens net zo lang mee aan de slag tot het een goed, samenhangend geheel is. Zo'n aanpak moet bij een kind toch ook werken? Maar nee, de ene dag wil ze op andere tijden drinken dan de andere dag. En als ik dan doorheb dat ze eerst drinkt, vervolgens probeert contact te leggen en daarna weer gaat slapen, gaat het plotseling weer anders. Ik dacht dat kinderen van Rust, Reinheid en Regelmaat hielden? Lusteloos zap ik langs de kanalen. Natuurlijk, er is wéér niets op. *Sesamstraat* wel natuurlijk, maar daar zal ik de komende jaren nog vaak genoeg mee geconfronteerd worden. Misschien moet ik er maar een boek over kinderen bij pakken. Zou er niet ergens een duidelijk schema te vinden zijn? Ik mopper er op los tegen Robbert, die net terugkomt van het boodschappen doen, maar hij blijkt er helaas niet voor in de stemming te zijn.

'Jíj kunt wel mopperen, maar wat dacht je van mij? Ik heb het ook niet gemakkelijk. Ik doe niets anders dan boodschappen halen, wassen, koffiezetten en beschuit smeren voor het bezoek. Jij zit nota bene *As The World Turns* te kijken onder het voeden!'

Shit, heeft hij dat door? Hoe weinig boeken over borstvoeding ik ook heb gelezen, ik weet heus wel dat ik eigenlijk tijdens het voeden oogcontact moet maken met de baby en dat het een intiem moment moet zijn voor moeder en kind. Ben ik nu een slechte moeder? Kan Tara nu al de balen van me hebben? Zou het niet-aankijken effect hebben op haar ontwikkeling? Gedverdemme, er hebben nog nooit zo veel vragen voortdurend door mijn hoofd gezoemd als deze eerste weken met een kind. Ik lijk wel een bijenkorf. Goed voornemen: het geluid van de televisie voortaan uitzetten, dan krijgt Tara er in ieder geval niets van mee. Zou ik die zoemende vragen in mijn hoofd niet ook uit kunnen zetten?

Ik druk met de afstandsbediening de tv uit. 'Ik weet wel

dat jij het ook zwaar hebt, Roberto. Maar jij hebt geen hechtingen, geen aambeien, geen lijf dat er raar uitziet en geen cup dubbel D met pijnlijke tepels waar dat ding om de paar uur keihard aan zuigt.'

Ik weet het, geen subtiele reactie, maar vanmorgen heb ik mezelf kritisch in de spiegel bekeken en wat ik zag, beviel me he-le-maal niet. Mijn lijf ziet er absurd uit. Ik ben nog steeds veel te dik (zou die buik echt nog terugtrekken?), mijn borsten zijn net zo groot en opgezwollen als die van een derderangs pornoster en mijn hoofd is veel ronder dan normaal. Eigenlijk herkende ik mezelf alleen nog maar aan mijn rode krullen. Die zitten er nog in. Goddank. Ik heb laatst in een tijdschrift voor jonge moeders een verhaal gelezen van een vrouw die na haar zwangerschap geen enkele krul meer had! *My god*, hoe erg kan het nog worden?

'Ding, ding, het is onze dóchter hoor!' zegt Robbert, terecht verontwaardigd.

'Vertel mij wat, ik heb haar zelf gebaard, weet je nog,' snib ik terug.

'Wat loop je nou moeilijk te doen, jij wilde toch zo graag een kind? Ik had best nog even willen wachten.'

Halleluja, daar gaan we. Wat een kutopmerking! Heeft Robbert soms zin in ruzie?

'Oh, gaan we op die toer? Ik wilde een kind, dus ik mag niet klagen. Volgens mij waren we het erover eens dat we een kind wilden. En volgens mij was je er echt zelf bij toen ze werd verwekt.'

'Waar zit je nou eigenlijk ruzie om te maken? Ik mag toch best zeggen dat ik het ook zwaar vind?' Robberts neusvleugels beginnen te trillen. 'Natuurlijk heb jij het zwaarder, maar ik ben ook moe, ik moet er ook aan wennen, ik weet ook niet hoe het allemaal moet. Het is niet alleen voor jou een ontzettende verandering.' Robbert beent naar de keuken om de boodschappen uit te pakken. Pissig loop ik achter hem aan, ik ben nog niet klaar met hem.

'Als het te zwaar is, moet je die borstvoeding anders maar laten zitten. Dan ga ik er 's nachts wel uit om haar de fles te geven,' stelt Robbert voor, waarschijnlijk in een poging om iets aardigs te zeggen. Olie op het vuur dus.

'Hè hè, dat is lekker gemakkelijk,' roep ik met overslaande stem. 'Een typische mannenopmerking. Misschien kun je een keer de moeite nemen om een boek over borstvoeding in te kijken, dan weet je dat het heel belangrijk is dat de man de vrouw steunt. Borstvoeding is het beste voor Tara. Als ik het moeilijk heb, kun je toch ook zeggen: "Liz, liever, wat ben ik trots op je dat je het doet, die borstvoeding".'

'Lizzie, prima, als jij dat wilt horen, dan zeg ik dat toch,' zegt Robbert cynisch. 'Ik vind het echt súper van je. Je bent een enorm goede moeder. Echt, wat ben jíj een fantastische moeder. Maar misschien wil ík dan horen dat ik een goede vader ben omdat ik me helemaal uit de naad werk met boodschappen doen, wasjes draaien en al die andere klote-klusjes die jij voor me bedenkt. Er zijn maar weinig mannen die een hele maand vakantie nemen om bij hun vrouw en kind te zijn na de bevalling. De meesten gaan na twee dagen weer werken. Ik had ook mijn dagen kunnen opsparen zo-dat we nog een reis konden maken.'

Grmpf. Een beetje gelijk heeft hij wel. Maar dat ga ik écht niet toegeven. 'Ja hoor, *keep dreaming*,' sis ik hem toe. 'We hebben nu een kleintje. Je bent de halve wereld al over ge-weest en nu moet je maar accepteren dat we ons gesetteld hebben. Ik ga echt niet met zo'n ukkie door Thailand trek-ken of zo. Word toch eens volwassen.'

Robbert is nu echt kwaad en loopt rood aan. 'Hier, dit moet in de koelkast.' Hij duwt een stapel vleeswaren in mijn handen, terwijl hij zelf de rijst in het aanrechtkastje propt. 'Laten we er in godsnaam over ophouden, dit gesprek gaat helemaal nergens over,' zegt hij met een stem vol ingehou-den woede.

Zwijgend gaan we door met uitpakken. Gadver. Ik heb helemaal geen zin in ruzie. We zijn allebei moe, dat is alles. En we moeten wennen aan het leven met Tara. Ik tel tot drie (tien haal ik nooit) en probeer de stemming te verbeteren. 'Het spijt me. Je hebt gelijk,' zeg ik verzoenend. 'Voor jou is het ook zwaar en ik vind het fantastisch dat je zo lang vrij hebt genomen. Zonder jou had ik het beslist niet gered de afgelopen twee weken. Jij blijft zo rustig bij alles. Je bent echt een súpervader.' Ik loop naar hem toe en geef 'm een zoen. Robbert slaat een arm om me heen en trekt me tegen zich aan.

'En jij een lieve moeder. Maak je nou niet zo druk, het gaat allemaal prima. Ik ben trots op je dat je doorzet met die borstvoeding.'

'Zullen we nog even samen bij haar kijken?' zeg ik blij. We lopen naar de Bugaboo in de woonkamer. Tara ligt op haar rug met haar armpjes langs haar hoofd te slapen. Gelukkig is ze niet wakker geworden van ons gekibbel. Robbert stopt een vinger in haar knuistje terwijl ik voorzichtig over haar hoofdje aai.

'Dat is onze dochter. Wij hebben haar gemaakt. Wat een gek idee,' zeg ik zacht.

'Ja mooi hè, ik kan me het leven zonder haar niet meer voorstellen.'

Thailand 1992. Eelke en ik hebben onszelf getrakteerd op een maand zon, zee en strand. Met een vers diploma op zak vertrekken we richting zon. Joeha, we zijn doctoranda! Rugzak mee, stapel boeken mee, en natuurlijk de Lonely Planet. *Nog één keer flink feesten voordat we op zoek gaan naar een baan. Met mijn combinatie van Nederlands en Communicatiewetenschappen moet het toch lukken iets te vinden? Tot ik een goede baan heb, ga ik freelancen. Gelukkig heb ik contacten opgedaan tijdens mijn stage en kan ik aan de slag voor* Viva *en* Yes. *Maar dat komt later. Op Koh Samui doen we alles waarvan we denken dat het hierna echt nooit meer zal kunnen.*

Hierna zijn we namelijk volwassen. Hierna gaan we werken. Hierna worden we serieus.

Als ik halverwege de vakantie op een terrasje zit en mijn kater van gister probeer weg te drinken met slappe koffie, raak ik in gesprek met ene Robbert, ook uit Nederland. Met vuur in zijn indringende bruine ogen vertelt hij over zijn reis. Hij is al een half jaar in z'n eentje aan het rondtrekken, heeft Australië, Nieuw-Zeeland, Vietnam en Cambodja doorkruist en is nu op weg naar India. We kletsen wat over zijn reis, mijn vakantie en hoe heerlijk het leven hier is. Als hij praat, zwiept zijn lange staart met donkere krullen heen en weer over zijn rug en als hij lacht, knijpt hij zijn ogen op een intrigerende manier samen. Ik moet moeite doen om mijn aandacht bij het gesprek te houden en niet voortdurend te kijken naar zijn grote, mannelijke handen waarmee hij druk gebaart tijdens het praten. Oef, mannen die met hun handen praten heb ik altijd zó sexy gevonden...

Na vier sigaretten van hem te hebben gebietst (shit, weer niet gelukt om te stoppen vandaag) moet ik nodig terug naar ons guesthouse om te kijken of Eelke haar roes inmiddels heeft uitgeslapen.

'Als je vanavond naar de Green Mango Bar komt, mag je van mijn pakje roken, goed?' zeg ik hoopvol. Ik wil hem heel graag nog een keer zien. Zo'n lekker ding kan ik toch niet laten lopen? 'Of heb je andere plannen?'

'Ik heb het hier wel weer gezien en denk erover verder te trekken. Maar als ik er nog ben, kom ik misschien even.'

'Ach joh, blijf nog een dagje. Zo afschuwelijk kan het hier toch niet zijn?' antwoord ik schalks, terwijl ik hem verleidelijk probeer aan te kijken. Op weg naar het guesthouse prevel ik een paar schietgebedjes. Ik wil hem. Hij móet komen!

Onze kamer is donker en het ruikt er ranzig. Eelke komt net uit bed en heeft zo te zien een behoorlijke kater. Ik trek de gordijnen open en begin enthousiast te ratelen. 'Eelke, we móeten vanavond naar de Green Mango, ik heb zó'n knappe vent ontmoet. Ik wil 'm per se nog zien voordat hij vertrekt. Hij is al een halfjaar aan het rondreizen, heeft de halve wereld gezien, en ik vind hem helemaal te gek...'

Eelke slaat een hand voor haar ogen tegen het felle licht en kijkt moeilijk. 'Sorry, maar vind je het erg als ik er nog even niet aan wil dénken? Ik heb een gigantische kater. Laten we anders zo naar het strand gaan, dan slaap ik daar verder,' zegt ze met een zware stem.

Als Eelke 's avonds nog niet is bijgekomen, besluit ik alleen te gaan en breng de avond door met twee Duitse meisjes die ik daar al eerder heb ontmoet. Erg concentreren kan ik me echter niet op hun gesprek, omdat ik voortdurend spiedend om me heen kijk of ik Robbert zie. Om twaalf uur besluit ik teleurgesteld om te vertrekken en te gaan slapen.

Als ik bijna buiten ben, trekt er iemand aan mijn arm. 'Hé, ga je alweer weg?'

Yes, hij is er toch! Ik draai me om en zeg enigszins spottend: 'Zó, toch gekomen? Nog niet vertrokken?'

'Nee, morgen ga ik verder. Maar deze tent vind ik niks. Ga je mee een stuk langs het strand lopen?' Terwijl we naar Chaweng Beach slenteren, babbel ik wat ongemakkelijk over van-alles en nogwat. Het idee dat Robbert misschien speciaal voor mij is gekomen, maakt me zenuwachtig. Als er voor de derde keer een stilte valt (waar ik overigens als enige last van schijn te hebben), vraag ik hem waar hij woont in Nederland.

'Momenteel woon ik nergens. Ik heb mijn kamer in Amsterdam opgezegd voor ik vertrok en ben van plan nog minstens een half jaartje door te reizen.'

'Ik woon nog in een studentenhuis in Amsterdam,' zeg ik, hoewel hij er niet naar vraagt. 'Maar als ik terug ben, ga ik heel hard solliciteren en hoop ik snel een baan te vinden zodat ik een etage kan kopen of iets groters kan huren.'

'Goh, echt een braaf meisje, hè?' zegt Robbert plagend. 'Hoe oud ben je, drieëntwintig? Zeker direct na je atheneum gaan studeren, in een jaar je propedeuse gehaald en binnen zes jaar afgestudeerd?'

Ik kan niet ontkennen dat dat allemaal klopt en voel me een enorme miep als hij vertelt over zijn studietijd: kunstacademie, Mazzo, Roxy, bijbaantjes in obscure cafés... Hoe langer hij praat, hoe meer ik van hem onder de indruk raak. Sexy, zo'n vrijbuiter.

We ploffen neer op een stuk verlaten strand onder de beschuting van enkele palmbomen. Robbert gaat op zijn rug liggen met zijn armen onder zijn hoofd en steekt een sigaret op. Ik neem er ook een.

'Fantastisch hè, dat er ooit mensen op de maan zijn geweest? Ik probeer me altijd voor te stellen hoe ze zich gevoeld moeten hebben, dat moet waanzinnig zijn geweest, denk je niet?' zegt hij loom.

Mijn aandacht voor Grote en Kleine Beren is op dit moment nihil, maar ik doe leuk mee en zeg: 'Nou, absoluut. Weet jij iets van sterren en hemellichamen?' Ondertussen kruip ik steeds dichter tegen hem aan.

Terwijl Robbert me probeert aan te wijzen welke ster waar staat, draai ik me naar hem toe en begin hem in zijn nek te zoenen.

'Liz, weet je wel wat je doet?' fluistert hij in mijn oor. 'Je hebt vast een vriendje thuis dat op je wacht.'

'Ssst, niks zeggen,' murmel ik, terwijl ik met mijn tong langs zijn nekspier ga. Ik hef me op, kijk hem strak in zijn ogen en zeg zacht: 'Ik weet altijd heel goed wat ik doe. Want ik ben niet alleen een braaf meisje, maar ook een controlefreak. Ik stel mijn doelen en ga ervoor. Grote doelen en kleine doelen. En op dit moment is jou kussen mijn belangrijkste doel.'

Vastberaden plant ik mijn lippen op de zijne en ik wurm mijn tong bij hem naar binnen. Ik voel de haren van zijn ongeschoren baard tegen mijn huid prikken, ruik de mengeling van zweet en bier en verleid Robbert met alle trucs die ik de afgelopen jaren heb geleerd. Zijn borsthaar blijkt zacht en krullend te zijn en zijn tepels zijn supergevoelig. Robbert lijkt geheel overdonderd door zoveel initiatief en kreunt alleen maar zachtjes, terwijl hij met z'n vingers over mijn rug streelt en door mijn haar gaat. Langzaam laat ik mijn tong afzakken van zijn oren naar zijn nek, zijn tepels en het randje van zijn broek. Ik trek met mijn linkerhand behendig de knoopjes van zijn gulp los (ha, oefening baart kunst!), ga op m'n knieën zitten en trek snel zijn broek naar beneden, waarbij ik zelfverzekerd in zijn ogen kijk. Robbert schuift langzaam mijn jurkje omhoog en trekt me boven op hem. Ik frummel mijn slipje uit en voorzichtig beginnen we aan een lome vrijpartij. We lijken al eeuwen minnaars, hij voelt precies het goede ritme aan. Al snel voel ik dat bekende overweldigende gevoel me overspoelen en ik kreun met ingehouden stem in zijn oor: 'Ooh, dit is lékker.' Even later voel ik al zijn spieren hard worden en stoot hij een ingehouden dierlijk geluid uit.

We blijven lang tegen elkaar aan liggen, zonder iets te zeggen. Dan graait Robbert naar zijn sigaretten en houdt het pakje voor mijn neus.

'Je bent misschien toch wat minder braaf dan ik dacht,' zegt hij plagend.

'Ach, je moet nooit te snel een oordeel vellen, dat zie je maar weer.'

Hij buigt zich over me heen en geeft me een kus op mijn voorhoofd.

'Ik heb nog veel meer onverwachte kanten,' voeg ik eraan toe. Wat ben ik aan het doen in godsnaam? Wat wil ik hem duidelijk maken? Denk ik nou echt dat hij stante pede zijn plannen zal wijzigen vanwege mijn onverwachte kanten? Na één vrijpartij? Liz, je bent niet goed bij je hoofd, spreek ik mezelf toe.

'Ik zou ze graag ontdekken, maar morgen trek ik verder en als ik terug ben in Nederland ben jij met je vriendje volop keukens aan het uitzoeken bij Ikea.' Grijnzend neemt hij een trek van zijn sigaret.

'Wie weet. Als ik thuis kom begint het echte leven in ieder geval. Dan ga ik op zoek naar een baan als redacteur en koop ik een fantastisch grachtenpand. En over een paar jaar ben ik getrouwd en neem ik kinderen,' mijmer ik. 'Misschien wel drie.'

'Meisje, meisje, laat het leven toch komen zoals het komt,' zegt hij ineens serieus. 'Probeer niet alles te plannen, maar te genieten van het moment. Laat het leven je verrassen.'

'Ligt niet in mijn aard. Maar ook in een gepland leven zijn er genoeg verrassingen. En dit was een hele prettige,' kir ik flirterig, waarna ik mijn sigaret uitdruk in het zand en hem weer in zijn nek begin te zoenen. Dan schiet me ineens te binnen dat Eelke vast ongerust is. Ik kan het niet maken om nog langer weg te blijven! 'Eigenlijk wil ik niet weg, maar ik moet nu echt kijken of mijn vriendin al een zoekactie naar me is gestart,' zeg ik, terwijl ik op mijn knieën ga zitten en mijn kleren bij elkaar graai.

'Kun je niet nog even blijven?' Robbert pakt me van achteren vast en trekt me terug in het zand.

Dit is verleidelijk! Maar nee, Eelke en ik hebben drie vakanties geleden afgesproken altijd rekening met elkaar te houden, vakantievriendjes of niet. 'Sorry, ik moet écht gaan,' antwoord ik kreunend. 'Maar kom een keer langs als je weer in Amsterdam bent. Ik woon op de Kinkerstraat, nummer 100. Dat onthoud je vast.'

'Wie weet,' zegt Robbert met een grote grijns en plant een zoen op mijn neus.

Zo elegant mogelijk loop ik het strand af in de richting van het guesthouse. Zeker weten dat ik een onvergetelijke indruk op hem heb gemaakt. Die komt vast langs in Amsterdam!

MAAND 2 NA BEVALLING
Schuldgevoelens over: acht keer Tara's oor
dubbelgeflapt tijdens BV.
Irrationele gedachte: ik ben beter in mijn werk dan in
voor een baby zorgen.
Vervangen door:... (geen idee eigenlijk, is die
gedachte wel irrationeel?)

Ik heb met Eelke het nieuwe leven als moeder doorgenomen. Zij als ervaringsdeskundige, ik als inmiddels wanhopige leek. Tara is al dik een maand oud en ze is nog steeds een raadsel voor me. Terwijl Eelke een grote pot thee zet en ik Tara heen en weer schommel in de wipstoel die op de tafel staat, probeert Eelke me ervan te overtuigen dat je kinderen niet als werk kunt zien waar je fijn structuur in aanbrengt. Wat kan ik anders doen dan haar geloven? Per slot van rekening heeft zij dit al meerdere malen meegemaakt, ik ben nieuw in dit vak.

'Natuurlijk doen ze altijd net weer anders op het moment dat je denkt een ritme gevonden te hebben,' zegt ze sussend als ik paniekerig tegen haar tekeerga over Tara. 'Het zijn kleine mensjes, met eigen willetjes, en ze veranderen met de dag. Zeker in het begin. Ik weet nog precies hoe het was toen Timo werd geboren. Ik voelde me zo'n enorme sukkel. Maar echt, het komt allemaal goed. Je moet het loslaten. Niet plannen, geen systeem proberen te ontdekken, niet krampachtig naar logica zoeken. Geef je over aan de dag en het leven met je kleine meid, laat het komen zoals het komt.' Eelke schenkt de thee in en geeft me een kop.

'Ik weet het, ik weet het,' antwoord ik bijna in tranen. 'Ik weet dat ik het los moet laten, maar ik wil zo graag weten hoe het moet, want dan kan ik dat doen en dan is alles goed. Ik ben er zo ontzettend níet in getraind om iets op zijn beloop te laten, dat vind ik het moeilijkste wat er is.' Terwijl ik de pink van mijn rechterhand in Tara's mond stop omdat ze dreigt te gaan huilen, probeer ik met mijn linkerhand mijn thee te drinken zonder het kopje te dicht bij haar in de buurt te houden.

'Heel herkenbaar, Liz,' zegt Eelke meelevend. 'Ik heb het ook allemaal zo gevoeld. En Suzan, je weet wel, die ik op zwangerschapsgym heb ontmoet, kwam precies dezelfde dingen tegen. Volgens mij is het echt iets van onze generatie. We gaan na onze studie werken, aan de slag met onze carrière, we leren hoe we problemen aan kunnen pakken en hoe we onze tijd praktisch en functioneel kunnen indelen. Vervolgens komt er weldoordacht en gepland een kind en dan komt de klap. Dit is wél even wat anders. Nu valt er niets te plannen en te bewerken. Maar echt, de schok is bij de eerste het grootst. Toen Maartje en Mirjam werden geboren, ging het al veel beter. Als je eenmaal leert het leven meer te nemen zoals het komt, voel je je een stuk zekerder.'

In de auto denk ik na over wat Eelke heeft gezegd, terwijl ik probeer het centrum van Amsterdam uit te komen. Was ik maar vast zover. Kon ik me maar aan de situatie overgeven. Wilde ik maar niet meer plannen. Vandaag ging Robbert voor het eerst sinds de geboorte van Tara weer werken. Daar stond hij dan, met zijn tas in de hand bij de slaapkamerdeur, terwijl Tara bij me in bed lag uit te buiken van de borstvoeding.

'Tot vanavond meiden. Ik zal jullie missen.' Toen hij de deur dichttrok, voelde ik een enorme paniek en vette jaloezie. Paniek omdat ik het nu alleen moet doen, jaloezie omdat ik ook weer wil werken en de deur achter me dichttrekken. Ik wil ook met iets vertrouwds bezig zijn! En vooral: weer iets doen wat ik kan.

Vol afgunst tuur ik naar het strakke lijf van Claudia Schiffer, die op een levensgrote poster in een abri hangt. Ze heeft een zeer smakelijk uitziende cocktail in haar hand. Shit, ik had nu ook cocktails kunnen drinken op een of ander tropisch eiland om het gevoel van een nieuw parfum te beleven. Of aan een vijfgangendiner kunnen zitten bij Costes in Parijs ter ere van de lancering van een nieuwe wondercrème. En eigenlijk is het niet eens zozeer de luxe die ik mis. Mijn dagelijkse werkzaamheden lijken me op dit moment ook het summum. Mag ik alstublieft gewoon een artikel schrijven, iemand interviewen of een stuk van een freelancer nakijken? Echt, ik doe nog liever een interview met een heel saaie psycholoog dan alleen achterblijven met een baby die me voortdurend voor raadsels stelt.

Als ik stilsta voor het zoveelste stoplicht, voel ik me ineens nog rotter. Is het wel normaal dat ik zo denk? Ik moet toch blij zijn dat ik bij Tara mag zijn? Hoezo wil ik liever werken? Ben ik wel een goede moeder? Ik heb zelfs niet aan Eelke durven vertellen dat ik jaloers ben op Robbert omdat hij naar z'n werk kan gaan. De zoemende vragen, ze zijn er weer. Zou ik misschien overspannen kunnen worden van een kind? Mijn hoofd lijkt net zo vol watten te zitten als in 1999. Ook toen maalde het zo. En had ik het ook zo benauwd. Maar wacht even, misschien komt het dit keer omdat de verwarming heel hoog staat in de auto, zodat Tara het niet koud krijgt. Ze begint heel hard te huilen. Ik probeer een speentje in haar mond te stoppen, maar dat wil ze niet. 'Stil nou kleine Tara, we zijn bijna thuis. Je hoeft niet te huilen.' Paniekerig kijk ik op. Kan dat klotestoplicht nou eindelijk groen worden?!

Maart 1999. Ik had me toch iets anders voorgesteld bij dertig worden. Als ik in m'n tienerjaren dacht aan mezelf op mijn dertigste, zag ik een blakende carrièrevrouw voor me. Maar de werkelijkheid is dat ik burnout ben, of overspannen, of allebei. Wat een dal.

Elke dag vraag ik me af waarom ik me zo rot voel en wanneer het over is. Dit is zó gênant. Ik heb altijd gedacht dat overspannen worden iets is voor mensen die geen greep hebben op hun leven. Hoezo kan mij dat overkomen? 'Een ernstige hartafwijking mevrouw', dat is wat ik had verwacht te horen toen ik twee maanden geleden naar de huisarts ging. Maar nee, die hartkloppingen en benauwdheid hadden niets te maken met een hartafwijking, maar alles met stress, zei hij. Ook toen hij me doorverwees naar een psycholoog dacht ik nog: 'Niets aan de hand, ik neem vijf sessies om de boel op een rijtje te krijgen en dan kunnen we weer door.' Maar inmiddels snap ik dat het zo gemakkelijk niet gaat en werk ik al drie weken niet meer.

Het ging juist zo lekker op mijn werk. Bij Rood Communicatie & Partners heb ik in drie jaar tijd flink carrière gemaakt. Ik kwam binnen als beginnend accountmanager en kreeg een paar kleine klanten toegeschoven. Maar binnen een jaar heb ik mezelf in the picture gespeeld. Door er keihard tegenaan te gaan heb ik me opgewerkt tot senior accountmanager en ik heb inmiddels een aantal grote klanten onder me die allemaal buitengewoon tevreden zijn.

Het afgelopen halfjaar heb ik zestig uur per week gewerkt aan een nieuw communicatieplan voor een marktonderzoeksbureau. Alles zelf gedaan. Van het opzetten van een loyaliteitsprogramma tot de redactie van een relatiemagazine. De directie twijfelde aanvankelijk of ik wel de geschikte persoon was voor dit account. Maar ik heb me bewezen! Bij Rood kunnen ze niet meer om me heen. Tijdens de evaluatie van het project prees de directie mijn inzet, gedrevenheid, inzicht en commerciële talent. Maar het lijkt of deze opdracht al mijn creativiteit heeft opgeslokt. Ik ben niet eens meer in staat om te bedenken wat we 's avonds moeten eten. Laat staan dat ik op een origineel idee kom voor een nieuwe klant. Dit jaar heb ik mijn target driedubbel gehaald en een vette bonus gekregen. Maar ten koste van wat heb ik carrière gemaakt? Is dit het waard? Nee, denk ik nu. Een maand geleden dacht ik er nog heel anders over. De successen gaven me energie. Dacht ik.

De bladen staan er natuurlijk vol mee. Dertigers met een burnout. Een jaar geleden sloeg ik die artikelen snel om. Nu lees ik elk lettertje dat erover geschreven wordt. Als ik het maar begrijp. Dan krijg ik er greep op en kan ik het oplossen. Maar volgens de psycholoog is dat helemaal niet de bedoeling. Ik moet juist leren loslaten. Ik moet niet zo'n controlefreak zijn. Ik moet me niet zo verantwoordelijk voelen. Ik moet niet zo perfectionistisch zijn. Eigenlijk deugt er dus niets van de eigenschappen waar ik doorgaans zo trots op was en dat brengt de boel wel erg aan het wankelen.

Inmiddels ben ik overigens zo murw dat ik alles wil proberen. De psycholoog heeft me een boek aangeraden over rationele en irrationele gedachten. Wat daar in staat klinkt plausibel. 'Mensen maken hun eigen stress. Je manier van denken en fantaseren bepaalt hoe je je voelt en gedraagt.' Rational Emotive Therapy (RET) heet het. 'De RET-strategie houdt in: het systematisch onder de loep nemen van uw gedachtegangen aan de hand van de vragen die u zichzelf stelt,' staat er. Dit boek is mijn nieuwe bijbel. De psych heeft beloofd me te leren mijn gedachten te ontleden in drie delen: de situatie, mijn gedachtegang en wat dat voor gevolgen heeft voor mijn emoties en gedrag. Uiteindelijk moet ik leren zelf mijn irrationele gedachten te herkennen, ze te ontrafelen en ze te vervangen door rationele. Simpel trucje. Even onder de knie krijgen en dan ben ik weer de oude!

Vandaag ga ik Tara showen op de redactie. Heerlijk, eindelijk wat anders dan de hele dag voeden, luiers verschonen en wassen draaien. Gisteren belde Miriam, de redactieassistente, om te vragen wanneer ik op de redactie kwam om Tara te laten zien. Verheugd riep ik direct: 'Morgen?!' Naar de redactie, naar de redactie, zingt het in mij. Hoewel, iedereen is natuurlijk bezig met dingen die ik ook wil doen. En stel dat Tara de hele tijd huilt. Moet ik haar dan voeden waar al mijn collega's bij zitten en ten overstaan van iedereen mijn megaborsten ontbloten? Ik pak Tara dik in en leg haar voorzichtig in het autostoeltje. Tevreden sabbelt ze op haar speentje. Misschien gaat ze wel slapen. Dan kan ik even wat doen op kantoor. Een artikeltje redigeren. Of door de persmappen lopen om te kijken wat de make-uptrends worden voor komende zomer. Of misschien heeft Miriam leuke roddels. Ik voel een steek van jaloezie als ik eraan denk dat zij nu naar de beautypresentaties gaat. Shit, kan ik niet een paar uurtjes met haar ruilen? Dat ik kip-korianderspiesjes bij een lancering van een nieuwe crème oppeuzel terwijl zij Tara vermaakt?

Als ik drie kwartier later de parkeergarage van het moderne kantoorgebouw van Multi Magazine Uitgevers in Amsterdam-Zuidoost binnenrijd, word ik door een vreemd gevoel overspoeld. Toen ik hier een paar maanden geleden wegging, was ik nog geen moeder. Nu ben ik een nieuw persoon, lijkt het wel. Ben ik nog wel honderd procent Elizabeth Dekker? Op deze plek voelt het bijna alsof er niets is gebeurd. Mijn hart gaat sneller kloppen als ik via de interne trap van de parkeergarage de grote hal binnenloop. Hier lopen de meest trendy meiden van Nederland rond. Hier bruist het van de ideeën. Hier worden meer dan dertig bladen gemaakt. Maar toevallig werk ik wel bij het beste van allemaal. Iedereen in dit pand kijkt jaloers als je in de lift op het knopje van de achtste etage duwt. Want achtste etage betekent *Women's world*. En *Women's world* betekent aanzien. Met kriebels in mijn buik loop ik de grote hal door, snuf de vertrouwde geur van hout en tijdschriften op. Links in de hal staan drie enorme tafels met bladen. Hier kunnen bezoekers zich vermaken als ze nog niet mogen doorlopen naar het heilige der heilige: de redacties zelf. Voor me wachten de kaartpoortjes, daarachter is een lange gang met aan de muur enorme blowups van covers. Covers van dertig jaar terug en gloednieuwe versies. Om de maand worden nieuwe covers opgehangen en vaak sta ik er even voor te kijken. Wonderbaarlijk dat sommige onderwerpen altijd actueel blijven. *Doe het Libelle smuldieet: tien kilo eraf in tien weken!* schreeuwt de cover van *Libelle* uit 1978. *Te moe voor sex?* staat er op de *Viva* van 1986. Ja, 1986: de tijd dat seks nog met een x werd geschreven en nog veel spannender en lekkerder was. Toen kon ik me niets voorstellen bij zo'n zin. Maar ja, toen was ik ook zeventien en bestond het leven uit examens doen en daarna een hele lange, warme zomer, waarin ik smoorverliefd was op Juan, een tien jaar oudere Spanjaard die me alles heeft bijgebracht over sensuele zones, standjes en technieken. Zou die *Viva* nog in het documentatiecentrum te vinden zijn? Tijdschriften maken is voor een groot deel een soort herkauwen, bedenk ik, terwijl ik doorloop naar de lift. Dezelfde onderwerpen in een nieuw jasje verpakken. Dat vind ik het mooiste van tijdschriften maken. Dat je altijd op zoek moet naar dat nieuwe jasje. Daar zit de uitdaging. Hoe pak je het onderwerp zo aan dat het past bij de huidige tijdgeest? Hoe vertaal je het naar je doelgroep? Hoe weet je je lezer elke keer opnieuw te boeien met de juiste mix van onderwerpen?

Als ik op de redactie ben aangeland, komen mijn collega's enthousiast naar me toe gelopen. 'Hé, Liz, wat fijn dat je er bent. Laat snel die kleine zien!' Het is een druk gezoen en iedereen werpt liefdevolle blikken in de maxicosi die ik op tafel heb gezet. 'Wat is ze mooi!' 'Wat een schatje.' 'Ze lijkt op je, die neus!' 'Volgens mij krijgt ze krulletjes.' Ik voel me gloeien van trots. Tara ligt heel wijs om zich heen te kijken. Al snel zitten we met z'n tienen rond de vergadertafel te tetteren en beantwoord ik vragen die ik zelf ook altijd stelde als er een collega met baby op de redactie kwam. Hoe voelt het? Is ze een lieve baby? En de nachten? Huilt ze veel? Was de bevalling te doen? Had je een goede kraamverzorgster? Gaat de borst geven gemakkelijk? Ik hang een positief verhaal op, gedraag me als een doorgewinterde moeder en verzwijg dat ik het liefst weer wil werken en Tara af en toe achter het behang wil plakken. Als kersverse moeder is dat toch wat cru.

Na drie kwartier moeten de meesten weer aan de slag. Het is morgen deadlinedag. Linda, die ook een deel van mijn taken heeft overgenomen, vraagt of ze wat kwesties aan me voor mag leggen. 'Vind je het erg Liz, om me met wat artikelen op weg te helpen?'

'Natuurlijk niet. Geen probleem. Wat wil je weten?' Aaaah, ik ben nodig, er is hier iemand die wat van mij wil weten, iets anders dan Tara-gerelateerde zaken! Ik ben niet alleen nodig als melkproductiebedrijf! Opgelucht en blij dat ik Linda van dienst kan zijn, geef ik haar enkele namen van dermatologen die ze kan interviewen voor een artikel over de nieuwe ingrediënten in cosmetica, en adressen van culturele websites die barsten van de informatie voor de agendarubriek die ze moet samenstellen.

'Ik snap níet hoe je het voor elkaar krijgt om elke maand én de agenda én een reportage én de beautyartikelen te schrijven én ook nog naar presentaties te gaan. Ik heb er al moeite mee alles af te krijgen zonder die bijeenkomsten!' zegt Linda bewonderend.

'Zo'n prestatie is het niet. Het gaat toch prima?' Bemoedigend geef ik haar een stompje op haar arm. Zo'n prestatie is het wél, gniffel ik inwendig, een moment lang bijzonder met mezelf in mijn nopjes. Ja, dat lukt me toch altijd maar weer mooi iedere maand.

Als Tara even later begint te huilen, loop ik met haar naar het modehok. Ik vraag of Miriam nog even bij me komt zitten, zet een stoel tussen twee rekken vrolijk gekleurde zomerkleding, ga erop zitten, doe m'n shirt omhoog en leg

Tara aan. Gelukkig is het onhandige gedoe van de eerste maand eraf en gaat het nu vrij snel. Toch voel ik me enigszins ongemakkelijk. Ik probeer er heel normaal over te doen en maak Miriam een complimentje. 'Wat zit je haar leuk. Nieuwe kleur ook, of niet?'

'Ja, laatst mochten we ons haar laten knippen en kleuren bij l'Oréal. Ik moest er zelf wel aan wennen. Het bevalt overigens uitstekend, al die lanceringen. Vorige week ben ik twee dagen naar een beautycentrum geweest en volgende week heb ik drie bijeenkomsten van nieuwe producten. Het reisje naar het filmfestival in Cannes is helaas aan mijn neus voorbij gegaan, daar gaat Jeannette naartoe.'

'Gelijk heeft ze,' zeg ik terwijl Tara braaf doordrinkt. Jeannette is hoofdredacteur van *Women's world* en gaat alleen nog naar de echt bijzondere presentaties. Cannes is er zo een. 'Vorig jaar was ik mee en het was echt super. Al die sterren en die *glamour*. Jammer dat ik het dit jaar moet missen.'

'Joh, waar maak je je druk om, als je straks terug bent, heb je weer voldoende nieuwe presentaties en reisjes. Volgens mij zei je voor je met verlof ging nog dat je het helemaal had gehad met die beautywereld, dat je geen nieuwe kleur lipstick meer kon zien en was je blij dat je een paar maanden rustig thuis kon zitten zonder je telkens af te hoeven vragen welke cocktailjurkjes je nu weer in je koffer moest stoppen!'

God ja, da's waar ook. Dat heeft Miriam beter onthouden dan ik. Toen ik met verlof ging, was ik er helemaal klaar mee. Al die bijeenkomsten waar het zoveelste bedrijf beweert marktleider te zijn; de stress om al mijn artikelen en rubrieken af te hebben voor de deadline; de frustratie als iemand op het laatste moment een interview afzegde...'Nu je het zegt, herinner ik het me weer. Maar geloof me, na een paar maanden thuis, waarvan bijna anderhalf met een baby waar ik niets van begrijp, snak ik naar een glad verkooppraatje met een fijn glas champagne na! Hoe is het trouwens met de beautyredacteuren van de andere bladen? Nog roddels?'

Miriam schiet in de lach. 'Ja, vorige week was lollig. Die vrouw van *Glamour Magazine* stelde weer zulke rare vragen. Dat doet ze toch altijd? Nu vroeg ze of de sinaasappelschillen die waren verwerkt in een nieuwe bodycrème afkomstig waren van rijpe of niet rijpe sinaasappels. Alle journalisten lagen dubbel. En dat mens van *Voilà* had volgens mij haar ogen laten liften en haar lippen op laten vullen. Ze zag er belachelijk uit!'

Als ik anderhalf uur later weer in de auto zit, voel ik me een stuk beter. Ik was even vergeten hoe het ook alweer zat. Dat er inderdaad dingen waren die ik helemaal niet zo leuk vond aan mijn werk. Ik zou meer moeten genieten van deze tijd met Tara. Straks heb ik de stress weer, de deadlines, de zomergeuren, de winterkleuren, en wordt ook dat weer een sleur. Het kan nog lang duren voor ik zomaar weer maanden vrij ben. Ik werp een blik opzij, op Tara die naast me ligt te slapen in het autostoeltje. Ze heeft zich voorbeeldig gedragen. Ik moet blij zijn dat ik alle tijd voor haar heb. Ik neem mezelf plechtig voor om vanaf nu al Eelkes adviezen op te volgen. Ik ga genieten van mijn tijd met Tara en niet meer piekeren over hoe het allemaal moet. Ik ga alles loslaten en een zeer evenwichtige, serene moeder worden.

Een paar dagen later is de doorbraak een feit. Het uitje naar de redactie heeft mijn ogen geopend: ik moet mijn oude leven niet idealiseren. Ik snap nu ook beter wat Eelke bedoelt, ik plan niets meer en geef me over aan wat de dag me brengt. Vandaag ben ik helemaal blanco opgestaan. Zonder plannen, zonder wensen. De dag is omgevlogen, en het was zó relaxed. Tara is lief geweest en heeft bijna niet gehuild. Ik ben zelfs stiekem blij dat ik nog niet hoef te werken. Robbert haast zich 's avonds naar huis om Tara te kunnen zien, terwijl ik de hele dag naar haar mag kijken. Ik heb nu wel door hoe het moet met bad, en luiers, en hoe het zit met darmkrampjes. En de BV gaat van een leien dakje. Vier standjes?

No sweat. De madonna-houding is onze favoriet. Kan ze tegen mijn borst aan kruipen terwijl ik tv kijk. Ik heb er laatst met Tara een goed gesprek over gevoerd. Ze leek instemmend te knikken toen ik haar vroeg of ze het in orde vond dat ik af en toe tijdens het voeden AT WT kijk.

Als ik gerommel hoor bij de voordeur, veer ik overeind van de bank. Is dat Robbert al? Ik heb nog niet eens nagedacht over het eten en ook nog niet opgeruimd. De woonkamer is een zwijnenstal. Haastig graai ik wat tijdschriften bij elkaar en frommel ze onder de bank. Hm, de verandering is minimaal.

'Hoi papa,' zeg ik grappend als Robbert de woonkamer binnenkomt. 'Ben je weer thuis?'

Papa Robbert is niet in een stralend humeur. 'Pff, wat een dag. Ik ben doodop.' Hij gooit zijn jas over een eettafelstoel en loopt naar de Bugaboo. Tara ligt echter boven in haar wieg.

'Ik heb Tara even boven gelegd, want ik wilde net gaan stofzuigen. Maar dat is er nog niet van gekomen. Ze zal zo wel wakker worden.'

'Een keertje stofzuigen is geen overbodige luxe, inderdaad. Wat is het hier een bende zeg.' Robbert kijkt chagrijnig om zich heen. Daar gaan we weer. Wat is het toch fijn dat je op sommige dingen altijd kunt vertrouwen. Onze dagelijkse avondruzie is zo'n ding. Sinds Tara er is, is het elke avond raak. Vermoeiend! Waar hééft hij het trouwens over? Toegegeven, in de keuken is het een zooitje, maar die heeft hij nog niet gezien. Verder valt het toch wel mee? Gemakshalve vergeet ik dat ik nog geen minuut geleden zelf constateerde dat de troep nu echt te erg werd.

'Sorry hoor, maar ik ben blij wanneer ik ook even mijn handen vrij heb. Als Tara slaapt of in de box ligt, wil ik een krant lezen in plaats van rotzooi opruimen,' zeg ik verbolgen. Mannen, ze snappen er ook niets van!

'Dat snap ik en ik weet ook dat het niet makkelijk is om

met die kleine erbij boodschappen te doen en te koken, maar het is toch niet zoveel moeite om in ieder geval de rommel achter je kont op te ruimen?'

'Is dit een hint, boodschappen doen en eten koken? Misschien moet jij binnenkort eens een dag vrij nemen en voor Tara zorgen, dan zul je zien hoeveel tijd je overhoudt voor jezelf, namelijk nul, niks. Ik ben de godganse dag met haar in de weer.' De discussie verloopt weer soepeltjes.

'Kan wel zijn, maar je hoeft toch niet álles te laten liggen? Het is hier smerig. Ik ben blij dat Tara nog niet kan kruipen.' Robbert verzamelt met driftige bewegingen de rondslingerende tijdschriften die nog niet onder de bank zijn verstopt en legt ze op een stapel.

'Van die tijdschriften word ik sowieso gek. Moet je die nou echt overal laten rondslingeren?' Robbert is overduidelijk in een pesthumeur.

'Toevallig is dat mijn werk, wees blij dat ik ook nog iets met m'n hersens doe op zo'n dag.'

'Daarom kun je die bladen nog wel opruimen.'

'Jahaa papa,' lach ik, in een poging zijn chagrijnige bui te doorbreken. Robbert kijkt nog steeds boos.

'Misschien moeten we een au pair nemen. Ik haat opruimen. Ik wil geen huisvrouw zijn. Ik wil dingen doen waarbij ik kan nadenken,' zeg ik fijntjes.

Stilte. Oeps, nu krijgen we natuurlijk weer het spel wie het eerst wat zegt. Laat ik de verstandigste zijn.

'Hoe was het vandaag op je werk? Nog nieuwe opdrachten?' Robbert is een aantal jaar geleden samen met twee vrienden een eigen vormgeefstudio begonnen. Loondienst was niets voor hem, hij miste zijn vrijheid, wilde creatiever bezig zijn en geen energie stoppen in projecten die hem niets zeiden. Aanvankelijk was ik er niet blij mee, want een eigen bedrijf geeft meer onzekerheid. Het eerste jaar was wel spannend, maar toch liep het al snel aardig en hoefden ze niet langer vanuit huis te werken. Inmiddels hebben ze een redelijk trouwe vaste klantenkring, een kantoorpand in Amsterdam gehuurd en zelfs twee mensen in dienst genomen. Hij werkt hard en veel, maar ja, dat doe ik gewoonlijk ook. Hoewel dat na mijn zwangerschapsverlof natuurlijk niet meer kan. Als ik ook weer ga werken, moeten we ons aan gewone werktijden houden om Tara van de crèche te kunnen halen. Ik vraag me af hoe dat te combineren valt met mijn nieuwe vaardigheid van de dag nemen zoals die komt.

'Nee, geen nieuwe opdrachten.' Robbert probeert zijn schoenen onder de bank te schoppen, helaas precies op de plek waar de door mij weggemoffelde stapel tijdschriften ligt. Zijn wenkbrauwen schieten omhoog.

'Hoe is het met dat nieuwe blad, hebben jullie die opdracht nog gekregen?' zeg ik snel om te voorkomen dat hij opnieuw gaat zeuren over de troep.

'Nog niets over gehoord. Het duurt me veel te lang. Al dat werk dat we erin hebben gestoken zal wel voor niets zijn geweest.' Robbert kijkt bedrukt.

'Ik ga even bij Tara kijken. Slaapt ze al lang?' Robbert stommelt naar boven zonder mijn antwoord af te wachten.

Zou het hem allemaal te veel worden? vraag ik me af terwijl ik lusteloos één lege koffiemok en één ontbijtbordje met hagelslag en broodkruimels naar de keuken breng. Hij is natuurlijk net een maand vrij geweest en zijn partners verwachten dat hij zich weer volop voor het bedrijf inzet. Ze hebben er al de pest over in dat hij straks vier dagen wil gaan werken. Bovendien verschoont hij Tara 's nachts na het voeden, terwijl hij wel elke ochtend vroeg op staat. Het moet voor hem ook heel zwaar zijn. Ik ben zo met mezelf en mijn eigen onzekerheden bezig dat ik compleet aan zijn gevoelens voorbij ga, bedenk ik schuldig terwijl ik mijn blik door de kamer laat dwalen op zoek naar meer afwas. In de – sinds de verbouwing helaas nog steeds niet geverfde – vensterbank staat nog een fraai stilleven van vuile spullen.

Ik weet nog goed hoe blij ik was toen ik hoorde dat we dit huis hadden. De woonkamer is ruim. Aan de ene kant staan de eettafel, de box en nu tijdelijk de kinderwagen, aan de andere kant twee oranje banken en een antiek dressoir. Eén muur heb ik vorig jaar rood geverfd. Robbert vond het een beetje te kleurig in combinatie met die banken, maar ik vind het prachtig. Boven ben ik bezig elke kamer een eigen kleur te geven. Het leek me altijd zo interessant, een rode kamer, een gele kamer en een blauwe kamer. Ik had grootse plannen, maar toen we er eenmaal in zaten, was ik al blij dat er überhaupt ergens verf op de muur zat. Onze slaapkamer is maar half af bijvoorbeeld. Die wordt paars. De babykamer is wel klaar. Limegroen. *Só this season!*

Terug naar de rotzooi: is het echt zo erg? Als ik om me heen kijk, moet ik toegeven: ja, het is echt zo erg. Robbert heeft gelijk. Ik kan best af en toe wat opruimen. Maar als ik de hele dag ook nog ga huishouden, heb ik geen leven meer en zijn mijn hersens verstard en versteend tegen de tijd dat ik aan het werk moet. Aargh, hoe kan een mens dit volhouden?! Fulltime voor een kind zorgen, het huishouden doen, én zorgen dat je niet simpel wordt, is een onmogelijke combinatie!

Leiden 1997. We hebben een huis gekocht. Oftewel: we gaan samenwonen! Help, dit is eng. Ik heb minstens tien lijstjes gemaakt om alle financiën op een rijtje te zetten. Maar het moet kunnen. Zeker nu Robberts eigen bedrijf best aardig loopt en ik net opslag heb gehad bij Rood Communicatie & Partners. Maar het ging zo snel. Ik had me er net mee verzoend dat we niet een jaren-dertighuis zouden krijgen. Dit is het eerste jaren-vijftighuis dat we hebben bekeken en nu is het zomaar van ons. Hadden we er meer moeten bekijken? Zijn we er echt aan toe om te gaan samenwonen? Ik ga hyperventileren als ik eraan denk. Straks wonen we samen in Leiden. In een echt huis! Met drie verdiepingen en een tuin. Groot genoeg om minstens

twee kinderen te krijgen. Niet dat Robbert daar al over wil pra-
ten, maar ík heb er natuurlijk rekening mee gehouden. Rege-
ren is vooruitzien, nietwaar? Eerst maar eens het huis opknap-
pen. Er moet veel gebeuren. Omdat we toch meer hebben gebo-
den dan we van plan waren, zullen we een aantal dingen zelf
moeten doen. De keuken kopen we bij Ikea, dat is handig om-
dat ze je er een video bij geven hoe je 'm moet inbouwen. Rob-
bert zal het allemaal wel snappen. Ik ga ondertussen in een
van zijn grote overhemden de muren sausen.

God, wat heerlijk dat ik nu niet meer hoef te reizen. Ik ben
blij dat ik Robbert heb weten te overtuigen dat het echt veel
handiger is als ik dicht bij mijn werk woon. Ik moet zó vaak
overwerken of nog even naar kantoor in het weekend. Hij
werkt toch vanuit huis, dus voor hem maakt het niet uit.

Goed, we hebben dus nog anderhalve maand voor de ver-
bouwing. Zou dat lukken? Zinloze vraag, want we hebben al-
lebei onze etage in Amsterdam al opgezegd, dus lukken of niet
lukken is niet meer aan de orde. My god, waar ben ik aan be-
gonnen. Ik heb nú een hele grote reep chocola nodig!

Het is zover! Ik ben veranderd in een echte moeder! Vandaag is Tara twee maanden en als ik haar in bed heb gestopt
voor haar middagslaapje, duik ik er zelf ook weer in. Ik nestel me met een gevulde koek en cola light voor *Oprah* (heerlijk, een televisie in de slaapkamer) en probeer te analyseren
wat er allemaal met me gebeurt. Ik weet niet hoe dat gaat
vanbinnen, maar ik vermoed dat er sprake is van een com-
plot tussen hormonen, hart en natuur. De afgelopen twee
weken is mijn hele gevoel veranderd:

● Ik wil nooit meer een seconde leven zonder Tara tegen
me aan.
● Ik moet er niet aan denken haar ooit naar de crèche te
brengen.
● Ik sta plaatsvervangende doodsangsten uit als ik een

klein meisje op straat zie fietsen. Stel dat Tara dat later ook wil?

Wat is er aan de hand? De natuur is met me aan het rommelen en ik trap erin! Ik weet heus wel dat de pupillen van een baby verwijd zijn zodat je je er extra toe aangetrokken voelt. Ik heb, toen ik net zwanger was, alle trucs van de natuur gelezen in het boekje *Baby* van Desmond Morris. Mijn hormonen zijn in de war, dat is het. Misschien is het een irrationele gedachte: ik wil voor Tara zorgen. Misschien moet ik hem vervangen door: ik ben een moderne vrouw en ik wil zelfstandig zijn en aan mijn carrière werken. Of is dat misbruik maken van RET?

Op tv neemt Dr Phil een paar mannen stevig onder handen. Ze zijn vreemdgegaan en hebben hun vrouw gekwetst. Een van de twee dreigt te gaan huilen. Gênant dit. Het zal je vent maar zijn. Oprah loopt er zoals gewoonlijk dom doorheen te snateren.

Toen ik met verlof ging, was ik al bang dat de dag zou komen dat ik zou genieten van het zorgen. Dat het aantutten met het kleintje (help, moedertaal!) opweegt tegen het feit dat ik 's avonds nooit meer tekst heb. Twee weken geleden had ik nog buikpijn als Robbert onder het eten met de gevreesde vraag 'En, hoe was jouw dag?' kwam. Zat ik met m'n mond vol tanden. Niets beleefd, niets gedaan, geen zinnig ding te bedenken om te vertellen. Behalve dan hoeveel poepluiers Tara had gehad. Maar nu kan het me niet meer schelen. Allemachtig, het kan me niets meer schelen, ik praat gráág over de poepluiers van Tara! Want poepluiers betekenen dat het goed gaat. Dat alles werkt. Dat het functioneert daarbinnen in dat kleine lijfje. Ik word gewoon fulltime moeder. Ik ga de hele dag met Tara spelen. Eindelijk heb ik mijn roeping gevonden.

Ik kan niet geloven dat ik dit denk. Moeder, fulltime. Hoe kan het dat ik dat wil? *Moi?* Moderne, ambitieuze, zelfstandige dertiger? Je hersens verweken dus echt tijdens de zwangerschap! Wat moet ik toch met dit nieuwe leven? Eerst was ik in de war omdat ik wilde werken en mijn gewone leven wilde oppakken, nu ben ik in de war omdat het me heerlijk lijkt om fulltime moeder te worden. Ik vind er niks aan, mijn nieuwe ik. Heb ik niet op mijn zestiende gezworen dat ik nooit zo zou worden als mijn moeder? Dat ik nooit financieel afhankelijk zou worden van mijn man? Heb ik me niet voorgenomen altijd en eeuwig zelfstandig te zijn? Ik heb jaren een abonnement gehad op *Opzij*, er zelfs voor gewerkt en was in discussies met vriendinnen altijd degene die het hardst riep dat je voor jezelf moet kunnen zorgen. Emotioneel en financieel. Dat je nooit afhankelijk moet worden van je partner. Ook niet als er kinderen zijn.

Maar nu voelt het anders. Misschien is het best reëel om geld te krijgen van je partner als je voor een kind zorgt. Hoe zit het eigenlijk met die discussie over moederloon? Was daar niet een vereniging voor opgericht? Moet ik daar lid van worden? Moet ik beloond worden voor mijn harde werken als moeder? Zijn dit irrationele gedachten?

Bijenkorf Liz: zoem, zoem, zoem. Ik moet mijn RET-boek zoeken!

Dr Phil heeft het inmiddels voor elkaar. De man en vrouw zitten tegenover elkaar. Hij huilt. Hij smeekt zijn vrouw om vergiffenis. Zij huilt ook. Hij belooft dat hij het nooit meer zal doen. Dr Phil vraagt hem zijn vrouw recht in de ogen te kijken en vraagt aan de man of hij nog van zijn vrouw houdt. De man kijkt naar Dr Phil. Dr Phil wordt boos. Hij moet naar zijn vrouw kijken! De man gaat nog harder huilen. Hij draait zich naar zijn vrouw en zegt dat hij heel veel van haar houdt. Dat hij haar niet had willen kwetsen. Dat het niets te betekenen had. Dat zij alles voor hem is. Het publiek is muisstil. Oprah heeft tranen in haar ogen. Tuurlijk, die zal eens niet meejanken.

MAAND 3 NA BEVALLING
*Schuldgevoelens over: te veel zon op mijn huid (dat
gaat extra rimpels opleveren!)
Irrationele gedachte: ik wil voor het einde van mijn
verlof weer in shape zijn.
Vervangen door: je zult nog zeker een jaar nodig
hebben om op je oude gewicht te komen.*

Vandaag heb ik me aangemeld bij All Fit. Niet kinderach-
tig, meteen een jaarabonnement genomen, want het ziet ernaar uit dat het een lange lijdensweg gaat worden. Nu maar
hopen dat er ook op korte termijn wat bescheiden resulta-
ten te zien zullen zijn. Een nieuwe kritische blik in de spiegel
vorige week heeft tot dit ferme voornemen geleid. Ik ben me
gek geschrokken. Zachte kussentjes hebben zich genesteld
rond mijn buik en heupen. Mijn buik is rond en slap en
mijn oude maat 40 lijkt absoluut niet binnen bereik. Laat
staan de gewenste maat 38 (ooit, in een onbereikbaar ver
verleden, had ik die maat echt!). Waaah! Ik zie eruit als *een
moeder!* Zo kan ik echt niet op beautypresentaties verschijnen. Zeker niet op de internationale. Al die slanke Italiaanse
en Franse beautyredacteuren zien natuurlijk onmiddellijk
met hun zwaaropgemaakte röntgenoogjes dat ik een lompe
moeder ben in plaats van een stijlvolle *glamourwoman. No
way* dat ik het zo ver laat komen.
    Een blik onder in de kast (afdeling sportkleding) stemt

niet hoopvol. Strakke leggings, korte shirts. Wanneer heb ik voor het laatst gesport? Uiteindelijk vind ik een oud DKNY-shirtje en een wielrenbroekje. Geen gezicht, maar ik besluit dat dat stimulerend werkt. Als ik mezelf zo in de spiegel op de sportschool zie, weet ik waarvoor ik het doe.

'Hallo, ik ben Sandra. Jij komt voor de intake?' Als ik – buiten adem van het fietsen – op de sportschool aan kom, staat een superstrakke twintiger me op te wachten. Nog geen kinderen gehad natuurlijk. En nooit gestudeerd, zodat ze nu haar dagen in de sportschool kan doorbrengen in plaats van achter een bureau. Kunst.

'We beginnen met een vetmeting en het vaststellen van je gewicht. Wat is het doel van je training, wil je afvallen of conditie opbouwen?' vraagt ze beleefd.

Sandra neemt me van top tot teen op en haar hand beweegt over het blaadje met vragen al naar het hokje afvallen.

Trut, denk ik, maar ik antwoord beleefd: 'Een combinatie van die twee graag. Ik ben net bevallen en er moeten nog wat kilo's af. Maar ik geef ook nog borstvoeding, dus dan slaat het lichaam meer vet op.'

Zo, die zit. Nu weet Sandra tenminste dat ik heus niet te dik ben omdat ik te veel snoep. En dat ik niet lang geleden iets bijzonders heb gepresteerd: namelijk een kind baren. Sandra's antwoord is verpletterend. 'Wat leuk, hoe oud is je kleintje? Ik heb er een van drie en een van één.'

Nééé, het is niet waar! Hoe kan zíj nou kinderen hebben? Er is helemaal niets te zien! Typisch geval van kind-eruit-buik-weer-strak natuurlijk. Belachelijk dat dat type bestaat. Als iedereen na de bevalling een beetje dikker zou blijven, zou dat als heel normaal worden beschouwd. Maar door dit soort vrouwen krijg je het idee dat het mogelijk is je oude figuur terug te krijgen. En dus moet je wel sporten en diëten.

'Tara is nu drie maanden. Maar zullen we aan de intake beginnen? Ik zit namelijk tegen een nieuwe voeding aan en heb niet zo heel lang,' kap ik het begin van een moedersonder-elkaar-gesprek af. *No way* dat ik met haar ga praten over kinderen krijgen!

Een halfuur later sta ik optimistisch op de lopende band. Dat vetpercentage viel best mee, zei Sandra, die tevens vertelde dat zij na ongeveer negen maanden weer op haar oude gewicht was. Ook de hometrainer ging goed. Ik blijk een redelijke conditie te hebben. Alleen de weegschaal was niet zo fijn. Een kilo meer dan thuis. Ik hoop maar dat ik snel resultaat zie van dat sporten. Bij voorkeur binnen twee weken, want dan gaan we naar Mexico. Eigenlijk zie ik er vreselijk tegenop om daarnaartoe te gaan, maar Robbert heeft me overgehaald. Hij wil graag nog op vakantie voordat ik weer ga werken. Ik wil ook wel, maar niet zo ver weg. Wat is er mis met de Canarische Eilanden behalve dat je er veel Nederlanders tegenkomt? Robbert verschoot van kleur toen ik het voorstelde. Dat was wel heel hard tegen zijn tere reizigersziel aan.

M'n mobiel trilt.

'Met Liz.'

Blèèèr. Ontroostbaar gehuil.

'Robbert?'

'Ben je nog in de sportschool?' Een geërgerde Robbert aan de telefoon. 'Schiet alsjeblieft op. Ik zit al een kwartier met een huilende Tara op schoot en krijg haar niet stil. Je moet nu echt komen want ze heeft honger.'

'Oké, ik kom eraan. Rustig maar. Laat haar even met die rammelaar spelen, dan is ze afgeleid. Heb je al een speentje geprobeerd?'

'Ja, natuurlijk heb ik alles al geprobeerd. Maar jij zou toch om twaalf uur thuis zijn? Het is al kwart over.'

'Ik hol hier nu weg.'

Ik gris mijn handdoek van de stang en ren langs de balie. 'Sorry Sandra, maar ik kan de intake niet helemaal afmaken. Wil je alsjeblieft een programma voor me maken, dan zie ik het volgende keer wel. Moet nu echt weg, de kleine heeft honger.'

'Succes en tot de volgende keer!' Sandra lacht begripvol naar me. Ze is best aardig. En ook niet zo dom als ik dacht. Maar beslist te slank voor een moeder van twee kinderen.

Als ik bezweet en buiten adem de deur open doe, duwt Robbert me boos Tara in de handen.

'Dit is geen succes hoor, je moet de volgende keer direct na de voeding gaan sporten. Nu zit ik met een ontroostbaar kind. Het voelt nogal machteloos als ze honger heeft en ik niets kan doen.' Robbert is behoorlijk opgefokt. Ik probeer rustig te blijven.

'Mag ik alsjeblieft rustig gaan zitten en een schoon shirt aandoen? En pak het voedingskussen uit de kast als je wilt.'

Tara drukt haar snuitje tegen mijn borst en gaat driftig door mijn shirt heen op zoek naar de tepel. Ik probeer de voorflap van mijn bh los te maken. Nee hè, sport-bh nog aan. 'Ogenblikje meisje, mama is zo klaar.'

Poeh, gelukt. Met mijn shirt omhoog en bh half uit zit ik op de bank. De buren van vier huizen verderop lopen langs met de hond en zwaaien enthousiast naar binnen. Ook fijn.

'Robbert, kun je alsjeblieft het gordijn dichtdoen? En sorry dat het wat later werd, die intake duurde nogal lang. Ik kon toch niet halverwege wegrennen? Is het verder goed gegaan met ons pukkie?'

'Ze is huilerig en heeft nauwelijks geslapen toen je weg was. Ik heb de krant nog niet eens kunnen lezen, elke keer dat ik haar weg wil leggen, begint ze opnieuw te huilen,' zegt Robbert moedeloos. 'Ik ben benieuwd hoe dat straks op de crèche gaat. Daar kan ze ook niet de hele tijd vastgehouden worden.'

'Het zal wel een fase zijn, misschien krijgt ze tandjes en voelt ze zich niet zo lekker,' stel ik hem gerust. Hij weet nog niet dat ons meisje misschien niet naar de crèche hoeft straks. Dat ik er serieus over denk om een tijdje met werken te stoppen zodat ik langer bij haar kan blijven. Tijdens de vakantie ga ik het met hem bespreken. Hij zal het wel geen goed idee vinden. Maar Tara heeft haar moeder nodig. Of zou het zonde zijn om deze baan op te geven? Toen ik dik drie jaar geleden bij *Women's world* werd aangenomen, was ik dolgelukkig. Het kwam precies op het goede moment. Weg uit de commerciële wereld van Rood. Terug naar wat ik altijd graag deed en goed kan: artikelen schrijven. En nu wil ik deze baan opzeggen? Op Robberts zak gaan teren? Zoem, zoem.

Leiden 2000. Volgens mij gaat het lukken. Volgens mij krijg ik de baan! Net een gesprek gehad bij Women's world *voor de functie van redacteur. Ze leken onder de indruk van mijn ervaring, mijn ideeën, mijn schrijfstijl. De redacteur die ze zoeken moet de agendarubriek samenstellen en de artikelen over relatie, psyche, gezondheid en beauty schrijven. Veel verschillende onderwerpen, maar voor mij geen probleem. Bij Rood heb ik zoveel verschillende klanten gedaan dat ik op alle terreinen thuis ben. Dat ik zowel redactionele als commerciële ervaring heb, lijkt ook een pré te zijn in deze tijd waarin bladen niet alleen als tijdschrift maar ook als merk worden gezien. Toen ik vertelde dat ik bij Rood jarenlang een instore magazine voor een luxe parfumerieketen heb gemaakt, leek de zaak beklonken. Ik weet hoe die beautywereld in elkaar zit. Hoe belangrijk het is dat de contacten met grote bedrijven als Chanel, Lancôme, Estée Lauder, l'Oréal Paris en Dior worden onderhouden. Hoe het eraan toe gaat in de wereld van glitter en glamour.*

Wat zou het fantastisch zijn als ik deze baan krijg! Women's world *wordt voor alle belangrijke lanceringen op beautygebied uitgenodigd, dus als ik de baan heb, mag ik voortdurend lunchen in chique hotels of in nieuwe hippe restaurants in het buitenland, waar dan alles wordt verteld over nieuwe crèmes, make-up en parfums. In het buitenland schijnen zelfs hele musea te worden afgehuurd of oude loodsen te worden omgebouwd om je maar 'het gevoel van het nieuwe product' te laten ondergaan. Beautyredacteuren van verschillende bladen uit Neder-*

45

land en het buitenland schijnen in superdeluxe hotels te overnachten en in de watten te worden gelegd. Mijn hele collectie Hema-crèmes kan zo de vuilnisbak in, want alle producten mag je ook zelf testen en elke dag verschijnt er een stapel nieuwe beautyproducten op je bureau.

'Nou snap ik waarom die potjes zo duur zijn,' was het commentaar van Robbert toen hij dat allemaal hoorde. Maar wat kan mij het schelen. Zeurpietje. Ik moet en zal deze baan krijgen! Overmorgen hoor ik het. Misschien moet ik me vast gaan verdiepen in de beauty. Er schijnt nogal wat scheikunde aan te pas te komen. Zal ik een boek kopen over de huid en hoe die in elkaar zit? Gelukkig was ik vroeger goed in bèta-vakken. Maar ik moet me absoluut inlezen. En belangrijker: flink shoppen als ik de baan krijg. Ik ga een compleet nieuwe garderobe aanschaffen. Toen ik op de redactie was vandaag, zag ik de chefmode zitten in iets wat vast de mode voor over twee seizoenen is. Zou de hele redactie geacht worden er zo uit te zien? Eerst maar eens een boek over etiquette lezen. Ik weet nooit of ik in die dure restaurants het broodje links of rechts van mijn bord hoor te pakken. Waar zijn de spoedcursussen als je ze nodig hebt?!

Als ik de dag voor we op vakantie gaan onze spullen aan het pakken ben, denk ik na over mijn nieuwe ik: Liz de moeder. Ik moet tot mijn verbazing vaststellen dat ik net zo ben geworden als al die andere moeders. Ik praat tegen Tara op een kinderachtige toon. Doedoe dada. En dan kriebel ik haar over haar buik. Of ik ga van een afstandje zitten kijken wat ze allemaal doet in de box. En ik heb cd's gehaald bij de bibliotheek. Met babyliedjes. Die bleken te bestaan. Babyreggae bijvoorbeeld. Ze vindt het grappig. En ik erger me niet eens aan die liedjes. Ook niet na de achtste keer.

Maar dat is nog niet het ergste. Het echte onweerlegbare bewijs dat ik ben veranderd in een Echte Mama kwam vanmiddag. Ik ging de post pakken en dacht: Jippie, een nieuwe

Ouders van Nu, die neem ik mee voor in het vliegtuig. Hallooo? Hoe heeft het zover kunnen komen? Ik weet nog dat ik vroeger helemaal ziek werd van die toon in het blad. Dat getrut. Die kwijlverhalen van gelukzalige moeders. Dat gezeur over tandjes krijgen, darmkrampjes, slapeloze nachten, de eerste stapjes, de eerste woordjes en ga zo maar door. Ik wist zeker dat de *Ouders van Nu* mijn huis niet in zou komen. En nu zit ik verheugd met het nieuwe nummer in de hand. Lees ik vol interesse een verhaal over een bevalling. Brr, wat gruwel ik van mijn nieuwe ik. Ik wil terug naar mijn oude, zelfbewuste, hardwerkende, carrièrebeluste ik. Met bijbehorend lijf. Nog wat slanker mag ook.

De volgende dag zitten we om twee uur 's middags vol goede moed in het vliegtuig naar Cancún. Ik was lichtelijk in paniek voor we weggingen. Vooral omdat ik ook voor Tara moest pakken. Wat zo'n klein ding allemaal nodig heeft! Het is ook Robberts schuld. Híj wilde helemaal naar Mexico. Ik weet niet of ze daar wel goede dingen voor baby's hebben en we moeten tien uur vliegen. Ik heb de discussie verloren; toen Robbert riep dat ik echt een zeurderig moedertje aan het worden ben met m'n Canarische Eilanden en getut over veiligheid, hygiëne, enge dieren en lang vliegen, heb ik het opgegeven. Voor de zekerheid heb ik bij het consultatiebureau gecheckt of Mexico mocht. Helaas wel. Maar nu we eenmaal in het vliegtuig zitten, is het wel weer goed.

'Zullen we de hele vakantie aardig doen tegen elkaar?' stel ik ruimhartig voor als Tara tegen me aan in slaap is gevallen.

'Volgens mij ben ik altijd rustig, maar ben jij nogal een stresskippetje,' zegt Robbert terwijl hij een bladzijde van zijn boek (reisverhalen, wat anders?) omslaat.

'Dat weet ik, maar ik vind het ook allemaal ingewikkeld, met die kleine zo ver weg. Dat is toch niet zo raar?'

'In Mexico wonen ook mensen en héél veel kinderen. Bovendien gaan we naar dat luxe hotel waar jij per se heen wilde, dus waar maak je je druk om?'

'Weet ik, maar ik vind het toch altijd weer een gedoe, dat koffers pakken en op tijd komen, zeker nu met Tara erbij. Ik ben ook gespannen of dat vliegen wel goed gaat met haar. Straks gaat ze huilen.'

'Nou, *so what?* Baby's huilen af en toe. Je moet je niet overal zorgen over maken. Dan heb je toch geen leven?'

'Maar ik voel me opgelaten tegenover de andere mensen in het vliegtuig als ze gaat huilen.'

'Onzin. Hadden ze maar een privé-vliegtuig moeten nemen.'

Robbert is altijd zo heerlijk nuchter, zelfs als zijn argumenten zo lek zijn als een mandje. Ik doe mijn stoel heel langzaam naar achteren om Tara niet wakker te maken en probeer te ontspannen. In mijn hoofd blijven maar lijstjes opdoemen en rondzoemen. Heb ik alles meegenomen?

- Geld
- Paspoort
- Zonnebrandcrème voor baby's
- Hoedje Tara
- Tandendruppels Dr Vogel

Wat stond daaronder ook alweer? O ja, rode-billencrème. 'Heb jij nog gecontroleerd of we die billencrème bij ons hebben?'

'Ja, die hebben we. En ook luiers, speentjes, venkelthee, poedermelk, flessen en weet ik veel wat nog meer. Geen idee waarom we het allemaal meeslepen, met name de melk. Je geeft toch borstvoeding?'

'Ja, maar stel dat het stopt. Of dat het te weinig is? Je weet niet hoe het daar gaat. Ik wil graag op alles voorbereid zijn.'

'En dat is dan meteen het grote verschil tussen ons. Jij wilt graag zijn voorbereid, ik houd van verrassingen.'

'Misschien zijn we daarom wel op elkaar gevallen. *Opposites attract* zeggen ze toch?'

Ik leg mijn vest tegen Robberts schouder, schuif naar hem toe terwijl ik Tara vasthoud en leg mijn hoofd op het vest. Had ik maar chocola, dan was ik vast rustiger.

Als we na de uitputtende vlucht en een zweterige busrit zijn aangekomen in ons hotel in Playa del Carmen, weet ik weer wat er ook alweer zo fijn is aan vakantie. Warmte. Niets hoeven te doen. Zon. Zee. Boeken. Tara ligt te slapen (doodmoe van de reis, zou het niet te veel voor haar zijn geweest? En die luchtvochtigheid hier, dat kan toch niet goed zijn?) en ik inspecteer de hotelkamer. Die is kleiner dan ik had verwacht. Maar het zwembad voor de deur maakt alles goed. Midden in de kamer staat een groot tweepersoonsbed met daarop handdoeken die in de vorm van een zwaan zijn gevouwen. Mmm, het bed is in ieder geval uitnodigend genoeg voor een fikse vrijpartij. Hier moet het toch wel lukken een post-Tara-seksleven op te starten?

Aan de muur hangt een foto van een Maya-tempel in Chichén Itzá. Ziet er indrukwekkend uit, maar ik vrees dat we er deze vakantie niet aan toekomen om ook nog cultureel te doen. Ik heb tegen Robbert gezegd dat hij gerust alleen wat dingen kan bezichtigen, dat ik dan wel bij Tara blijf. Ik heb genoeg aan het strand en mijn boeken. In de hoek staat een tafeltje. Daar kunnen de boeken mooi op liggen. En het plattegrondje van Playa del Carmen.

'Je hoeft niet meteen alles uit te pakken, kom even lekker in de hangmat liggen,' roept Robbert vanaf het terras.

'Ik kom zo. Je weet hoe ik ben, ik wil het een beetje thuis maken.' Stresskip, huismus, moederkloek. Het wordt een behoorlijke beestenbende. Ik hang mijn zomerjurkjes in de kast en zet mijn slippertjes onder het bed. Mijn koffer is bijna leeg. Waar zal ik die laten? Zoekend kijk ik om me heen.

'Geniet nou van de rust, straks wordt Tara wakker.'

'Zo dadelijk. Wil je een biertje uit de minibar?'

'Alleen als jij ook buiten komt zitten.'

'Goed dan.' Nadat ik mijn nieuwe felrode jurkje van Vanilia heb aangetrokken, loop ik met twee biertjes naar buiten. Een warme windvlaag streelt langs mijn blote benen. Ik voel me zowaar een beetje sexy als ik me in de hangmat vlij.

'Ging goed hè, die reis? Zie je nu wel dat je je druk maakt om niets?' zegt Robbert plagerig.

'Absoluut. Ze heeft zich voorbeeldig gedragen in het vliegtuig en nauwelijks gehuild. En nu slaapt ze alweer rustig. We hebben een wonderbaby. Zou ze het zich later herinneren dat ze in Mexico is geweest?' vraag ik hoopvol. Ik neem een flinke slok van mijn Corona.

'Vrees van niet.'

'Misschien gaat ze ooit zelf nog eens met vriendinnen op vakantie en dan kan ze zeggen dat ze in Midden-Amerika is geweest toen ze drie maanden was.'

'Tegen die tijd vliegt iedereen vast al naar de maan en maak je geen indruk meer met een tripje Mexico.' Robbert fantaseert lekker door over een reis naar de maan. Als het meezit met de ontwikkelingen, kan ik hem wellicht voor zijn vijfenzestigste verjaardag een retourtje cadeau doen.

'Als ik naar de maan kan, ga ik daar een kroeg beginnen. Moondance ga ik die noemen. Heb ik je wel eens verteld over die kroeg in La Paz die zo heette?' Robbert begint een enthousiast verhaal over een reis die hij in zijn studietijd heeft gemaakt door Bolivia en vertelt over een jongen die hij daar heeft ontmoet.

'Hij was zo aardig. Echt ongelofelijk. Hij had niets, maar stond erop dat ik bij hem kwam eten. Ik voelde mezelf toen arm, omdat ik met mijn vakantiebaantje als bollenplukker net genoeg had verdiend om het een paar maanden uit te zingen op reis. Wat schaamde ik me voor mijn geklaag toen ik zag hoe hij woonde.'

Ik neem nog slokje en schommel loom heen en weer in de hangmat.

'Je bent later toch nog een keer naar Zuid-Amerika geweest?' Voor ik het weet is Robbert alweer aan een ander reisverhaal begonnen en luister ik een halfuur ademloos naar hem. Heerlijk, dit is de Robbert op wie ik verliefd ben geworden! Als Tara een kreet geeft, schrik ik op. Al twaalf uur! Ze moet nodig gevoed worden. Over naar ons nieuwe leven: voeden en luiers verschonen. Maar ik ben blij. Deze vakantie begint goed.

Drie uur later zitten we er dan. Op het strand. In de zon, terwijl in Nederland iedereen om de eerste zonnestralen zit te sméken. Het strand is precies zoals op de plaatjes. Breed. Tropisch. Palmbomen. En het mooiste: het zand wordt niet warm. Het schijnt van een speciaal soort schelpjes of fossielen te zijn volgens de reisgids, en dat absorbeert de warmte. Enige minpuntje: de strandtenten. Niet direct heel dichtbij. Jaloers kijk ik naar links, naar de mensen van het *all inclusive resort*. Zij zijn in het bezit van een felgekleurd polsbandje waarmee je de hele dag gratis kunt drinken en eten. Wilde ik ook. Maar zo'n resort ging Robbert echt te ver. Jammer.

Oké, niet zeuren, verder is het hier geweldig. Ik smeer me van top tot teen in met Clinique zonnecrème. Factor dertig. Sinds ik beautyartikelen schrijf, kan ik bepaald niet meer onbezorgd genieten van de zon. Elk jaar word ik door cosmeticafabrikanten getrakteerd op een zelfde portie ellende. Melanomen, huidkanker, uva-stralen, rimpels. De ene na de andere dermatoloog met horrorverhalen wordt van stal gehaald. *No way* dat ik ooit nog onbezorgd in de zon ga liggen. Met afschuw denk ik terug aan mijn puberjaren waarin ik hele dagen lag te bakken in de zon. Hoewel ik altijd op moest passen met mijn bleke huid en rossige haar, stapte ik vaak na een paar dagen al over op een crème met een lage factor. Alles om maar bruin te worden. Nu krijg ik na een uur met factor 30 al een schuldgevoel omdat de zon zo fel is. Vandaag mag ik er echter van genieten, vind ik. Een beetje bruin moet kunnen. Ik voel me al niet op mijn gemak in mijn bikini. Die vetrol boven mijn broekje is afgrijselijk. Een wit lijf in een te strakke bikini, bah. Bruin worden is de snelste optie om er beter uit te zien. Ik strek me uit op mijn badlaken en doe mijn ogen dicht.

'Lekkere dingetjes hier. Zien er strak uit. Is zo'n bikini niets voor jou, met van die kleine pijpjes?' Robbert zit rechtop en keurt het aanwezige vrouwelijk schoon. Ik vloek inwendig. Hoe tactloos kun je zijn?

'Slaap je?' vraagt hij als ik niet reageer.

'Neehee,' zeg ik geërgerd.

'Waarom geef je dan geen antwoord?'

Nu vloek ik hardop: 'Omdat ik het verdomme een rotopmerking vind. Ik ben net bevallen! Die tien kilo gaat er nog wel af, maar dat duurt wel een tijdje.' Wat een ongevoelige klootzak is het toch soms.

'Ik zeg toch niets over te dik zijn? Ik heb het gewoon over een bikini.'

'Maar je bedoelt wat anders.'

'Doe nou niet zo moeilijk. Ik vind die bikini gewoon grappig, die met die pijpjes. Ga dan vaker sporten als je baalt van die kilo's.'

'*Sure.* Weet je nog hoe pissig jij was omdat ik een kwartiertje later dan afgesproken uit de sportschool kwam?' zeg ik bits.

'Doe niet zo opgefokt, ik bedoel er niets mee.'

'Zal wel, maar ik vind het niet zo'n goed onderwerp nu. Kunnen we het de rest van de vakantie hier niet over hebben?'

'Tuurlijk, we verhuizen het naar de lijst verboden onderwerpen. Samen met: moeten we Tara af en toe laten huilen, je werk en wie doet wat in het huishouden. Wordt een saaie vakantie, blijft er nog wat over om over te praten?'

'Overdrijf toch niet altijd zo. Ik ga lezen. Let je goed op de kleine? En doe de parasol een beetje naar links, anders ligt ze in de zon.'

Gisteravond hebben we dan eindelijk seks gehad. Voor het eerst na de bevalling. Het was inmiddels al de achtste vakantiedag, dus het moest nu absoluut gebeuren. Ik had gedacht dat de passie op zou laaien tijdens deze vakantie, maar helaas, de verhalen in *Viva Baby's* zijn waar, het is écht anders met een baby. Je komt niet aan het ware vakantiegevoel toe met al die voedingen, slaapjes en luiers. Bovendien heeft Tara last van de warmte. Ze is minstens drie keer wakker 's nachts. Als ze dat thuis maar niet gaat doen. Of zou dit haar nieuwe ritme zijn?

Kort en goed: geen sfeer voor seks eigenlijk. Maar ik wilde het per se tijdens deze vakantie doen. Want als het hier niet lukt, waar dan wel? Thuis valt het helemaal niet mee in de waan van alledag. We hebben het dus in ieder geval weer gedaan. Ik kan niet zeggen dat ik er bijzonder van heb genoten. Zou dat ooit goed komen? Ik voelde me zo ontzettend moeder in plaats van sexy minnares en was bang dat mijn borsten zouden gaan lekken toen Robbert aan mijn tepels zat. Toen ik bovenop zat, probeerde ik ook nog mijn buik in te houden. Ik ben bang dat Robbert er evenmin veel aan vond, zeker niet aan dat gedoe met een condoom. Maar ik durf het 'm niet te vragen. Stel dat hij zegt dat hij moest wennen aan mijn nieuwe lijf en het lastiger vindt omdat hij mij nu meer als moeder ziet dan als partner? Dan weet ik zeker dat ons seksleven nooit meer goed komt.

Thuis doen:
- Aan Eelke vragen hoe bij haar de seks ging na de bevalling.
- *Viva Baby's* zoeken waarin onderwerp aan bod komt.
- Kijken of er een website is waarop je kunt chatten met andere moeders over postnatale seks.

Op de laatste avond van de vakantie moet ik Robbert helaas gelijk geven: tien dagen is veel te kort. Maar ik wist niet hoe het zou zijn met een baby op vakantie en wilde dus niet direct drie weken weg. Stel dat het een drama was geworden met Tara? Dan hadden we hier toch mooi drie weken vastgezeten. En thuis is het ook prettig natuurlijk. Hoewel Robbert daar anders over denkt. Vakantiebalans tot nu toe:

- Tara was lief en best gemakkelijk. Ze had alleen 's nachts wat meer mogen doorslapen.
- Robbert heeft veel met Tara gespeeld. Het was fantastisch om te zien hoe hij als vader is en hij lijkt zich bij de nieuwe 'burgerlijke vakantie' te hebben neergelegd. Bovendien is hij er twee dagen alleen op uit geweest, dus zijn avonturiersdrang is hopelijk tijdelijk gestild.
- Ik heb weer lol gehad met Robbert. Dat was lang geleden.
- Ik was voor mijn doen redelijk ontspannen en heb nauwelijks lijstjes gemaakt aan het begin van de dag. Zeker vijf van de tien dagen genomen zoals ze kwamen.
- Seks gehad. Hoewel nog lang niet op oude niveau, toch prettig dat het allemaal nog werkt. Wel maar één keer. Puntje van zorg: Robbert heeft helemaal geen initiatief genomen op dat gebied. Wat moet ik daar van denken?

Kortom: vakantie geslaagd. Nu eerst uit eten. Ik hoop dat Tara in de wagen gaat slapen, want ik moet de kwestie werk nog met Robbert bespreken. Ik heb de afgelopen dagen veel nagedacht over werk en crèche, maar ik kan écht nog niet aan de slag. Ik kan Tara niet missen. Bovendien is ze te klein om naar een crèche te gaan. Van tevoren leek me dat geen enkel probleem, maar nu ze er is, voelt het anders. Die inschrijving kan vast blijven staan. Hoe zal Robbert reageren als ik voorstel een jaartje te stoppen met werken?

We lopen naar de Avenida Quinta, de straat waar alle toeristen rondhangen en niets overblijft van het beeld van 'authentiek vissersdorpje' (het stond echt in de reisgids!). Hier is het een aaneenschakeling van winkels, restaurants, cocktailbars en om de vijf meter kun je ergens terecht om je haar te laten invlechten à la Bo Derek. Ik wilde me ook zo sexy voelen als Bo en besloot op dag vijf voor de kralen te gaan. Op dag zes moest ik ze er alweer uithalen wegens vreselijke jeuk op mijn hoofd. *So much for sexy.*

Na acht dagen uit eten valt het niet mee opnieuw een geschikt eettentje te vinden.

'Zullen we anders naar die pizzeria van de eerste avond gaan?' stel ik voor.

'Lijkt me niks. Laten we nog een keer in die zijstraatjes zoeken naar iets authentiekers.'

Ik begin te lachen. 'Maar dan zitten we onder van die tllampen te eten. Ook niet echt romantisch voor de laatste avond.'

Uiteindelijk belanden we in een quasi-authentiek Mexicaans restaurantje aan het eind van de toeristische hoofdstraat. Na het voorgerecht trek ik de stoute schoenen aan. 'Ik zie er vreselijk tegenop om weer te gaan werken straks. Denk jij niet dat Tara nog te jong is om naar de crèche te gaan?'

'Nee, hoezo? Ze is er vast zo aan gewend. Bovendien ga ik toch vier dagen werken? Dan hoeft ze maar vier dagen naar de crèche. Er zijn zat kinderen van die leeftijd die zelfs vijf dagen gaan.'

Robbert ziet het probleem niet. Daar was ik al bang voor. 'Ja, dat weet ik, maar die zijn misschien al wat ouder.'

'Ze zal zich vast prima redden. We hebben toch gezien hoe mooi het daar is? Grote ruimte, grote tuin, veel speelgoed, en aardige leidsters die meteen helemaal weg van haar waren. Ze vindt het vast fijn.'

'Mmm.'

'Lieffie, waar maak je je nou druk om, ze redt zich echt wel.'

'Maar ze is nog zo klein,' sputter ik tegen.

'Als ze er straks heen gaat, is ze al vier maanden. Bovendien slaapt ze overdag veel, dus voor ze het door heeft, kan ze alweer naar huis.'

'Dus je denkt dat ze het thuis fijner vindt?' klamp ik me aan de laatste strohalm vast.

'We kunnen toch zien hoe het gaat? Er is nou eenmaal geen andere oplossing.'

De ober komt eraan met het hoofdgerecht. Nee hè, net op het moment dat ik het wil zeggen. Als Robbert een hap neemt van zijn tortilla, gooi ik het eruit. 'Ik zou ook een tijdje kunnen stoppen met werken.'

'Dat meen je niet!' zegt Robbert, terwijl hij zich bijna verslikt. 'Zou je dat willen? En je carrière dan? Je wilde altijd bij *Women's world* werken, nu zit je er en wil je stóppen? En dan huisvrouw worden? Ik weet zeker dat je binnen een paar maanden gek wordt.'

'Ja, misschien. Ik weet het ook niet. Maar ik zie er zo tegenop om Tara naar de crèche te brengen. Ik heb zelfs geen zin om weer te beginnen. Net nu ik doorheb hoe een kind werkt en ik er van geniet, ga ik weer werken. Ik moet er niet aan denken om haar elke dag zo lang niet te zien en ik voel me schuldig. Straks moet zij vroeg opstaan en in de crèche zitten omdat ik zo nodig carrière wil maken!' De tranen rollen over mijn wangen. Ik heb geen zin meer in mijn eten en neem nog een slok cola light. Waarom word ik nou weer zo emotioneel?

'Ik geloof dat je hormonen nog niet helemaal op orde zijn, Lizzielief. Probeer nu eens je niet zo druk te maken om alles. Jij gaat werken, Tara gaat naar de crèche en dan kijken we rustig hoe het allemaal loopt. Als ze het niet naar haar zin heeft, verzinnen we een andere oplossing. Het komt heus goed allemaal.'

Terwijl ik wat lusteloos in mijn salade prik, denk ik na over wat Robbert heeft gezegd. 'Misschien heb je gelijk en moet ik het eerst maar proberen. Ik zie er zo ontzettend tegenop. Ik heb ook geen idee hoe ik om negen uur op de redactie kan zijn. Dan moet ze daarvoor al gewassen en aangekleed zijn en gedronken hebben. Dat lukt toch nooit? Ik kan toch niet om halfzes of zo opstaan?'

'Meisje, meisje, dan kom je de eerste dagen maar wat later. Je moet geen problemen gaan zoeken.'

'Jij laat het altijd allemaal zo eenvoudig klinken.'

'Dat is het ook. Iedereen doet het, iedereen lukt het. Wat zei die psycholoog ook alweer toen je overspannen was? Dat je je eigen stress maakt door je irrationele gedachten? Denk daar nog maar eens aan.'

'Ik vrees dat je gelijk hebt.' Met een halflachend pruillipje kijk ik Robbert aan. Hij kan me altijd zo goed geruststellen als ik doordraaf. Ik neem een hapje van mijn salade. Gelukkig was die toch al koud.

'Heb jij er wel vrede mee om vier dagen te werken? Hebben je partners dat echt geaccepteerd?' Ik voel me schuldig omdat Robert altijd míj gerust moet stellen. Ik had me juist voorgenomen om deze vakantie te bespreken of híj het allemaal aankan. 'Ik weet wel dat we het allemaal zo hebben uitgedacht, maar misschien voelt het voor jou nu ook anders. Krijg je geen scheve gezichten achteraf?'

'Nee, het is goed zo. Ik heb toch niet voor niets een eigen bedrijf? Dan moet ik ook de vrijheid hebben om minder te gaan werken, vind ik.'

'Natuurlijk, maar het kan toch problemen geven? Als er grote opdrachten zijn die af moeten, geeft het misschien toch irritaties. Misschien kan ik dan wel een dag vrij nemen zodat jij kan werken. Of mijn ouders vragen om op te passen. En als het écht niet lukt, kan ik ook nog een dag per week ouderschapsverlof nemen, hoewel ze op de redactie niet dol zijn op parttimers. Maar je moet het zeggen hè, als het niet goed te doen is?'

'Tuurlijk, dan trek ik aan de bel. Het komt me wel goed uit om een tijdje minder te werken, ik ben toch niet meer zo gemotiveerd.'

'Dat idee had ik al. Komt het door die opdracht die niet is doorgegaan? Of maak je je zorgen?'

'Ik weet het niet precies. Het is inderdaad demotiverend om zoveel tijd in een opdracht te stoppen en dan te horen dat-ie naar een ander gaat. Het lukt me niet om me elke keer weer op te laden.'

'Dat kan ik me voorstellen. Maar je bent hartstikke goed, dus daar ligt het niet aan. Ze weten niet wat ze missen!' Ik geef Robbert een kus over de tafel en een aai door zijn haar.

'Dat vind jij. Maar jij bent bevooroordeeld.'

'Welnee, je bent onwijs goed in je werk en een van de creatiefste vormgevers die ik ken. En dat zeg ik echt niet omdat ik toevallig met je ben getrouwd!'

Na onze wederzijdse opbeurende opmerkingen wordt ons laatste vakantie-etentje toch nog gezellig en aan het eind van de avond lopen we verliefderig hand in hand terug naar ons hotel. Tara slaapt gelukzalig in haar kinderwagen.

MAAND 4 NA BEVALLING
Schuldgevoelens over: te weinig tijd voor Tara, te
weinig energie voor Robbert, te moe voor sportschool.
Irrationele gedachte: de crèche is slecht voor
kinderen.
Vervangen door: veel kinderen hebben het erg naar
hun zin op de crèche.

Eelke en ik zitten in The Eighties. Eindelijk weer in ons favoriete eetcafé. In The Eighties wordt alleen muziek uit de jaren tachtig gedraaid. Er hangen lp's aan de muur. En posters
van Doe Maar, U2, UB40 en de Simple Minds. Hier kunnen
we elk liedje meezingen en bij acht van de tien nummers
roepen we: 'O ja, weet je nog toen met dit nummer, dat was
toen jij wat met David had', of: 'Dit was toen met ons eind-
examenfeest', of: 'Dit was dat nummer waarop ik zo heb liggen janken toen bleek dat Frans was vreemdgegaan!' Wat
was dat een heerlijke tijd. Er waren maar drie netten op tv, je
volgde *Dallas* en *Dynasty*, had geen mobiel die je constant
moest beantwoorden en Joegoslavië voelde al als een héél
trendy vakantiebestemming. Ons grootste probleem in die
tijd was het kiezen van een schoolagenda, hoewel ik me vaag
ook nog iets herinner van sombere gevoelens over de drei-
ging van een kernoorlog en de hoge werkloosheid.
  In The Eighties lijkt op een of andere manier altijd een
liedje gedraaid te worden dat helemaal is afgestemd op ons

onderwerp. Als *Don't you want me baby* van The Human League uit de luidsprekers schalt, wil ik juist met Eelke beginnen over seks na de bevalling. Hoe toepasselijk. Ik buig me naar haar toe en zeg: 'Een beetje stomme vraag misschien, maar hoe ging het bij jou met de seks na de bevalling?'

Ze kijkt me somber aan. 'Absoluut slecht. Hoewel we toch nog de tweeling hebben verwekt na Timo. Hoezo, loopt het niet lekker tussen Robbert en jou?'

'Niet echt, nee. Ik heb zelf niet veel zin, maar Robbert ook helemaal niet. Hij lijkt zich absoluut niet tot me aangetrokken te voelen. Op vakantie heeft hij nauwelijks een poging gedaan om te vrijen. We hebben het uiteindelijk één keer gedaan omdat ik begon. Dat geloof je toch niet? Mexico, tien dagen lang, één keer seks! Zo'n *lousy* score hebben we nog nooit gehad op vakantie! En nu zijn we alweer twee weken thuis en er gebeurt niets, niets, niets. Toegegeven, ik lig elke avond vroeg in bed, maar hij kruipt nooit meer tegen me aan en knuffelt me nooit meer zomaar even.'

'Doe je dat wel bij hem?' vraagt Eelke terwijl ze nog een hap van haar lasagne neemt.

Jemig, wat is dat nou weer voor vraag? 'Nou nee, ook niet eigenlijk. Ik knuffel al zoveel met Tara overdag. Maar Robbert zou toch wel zin moeten hebben? Hij is toch een man?'

'Tja, wat zal ik zeggen. Aan mij moet je eigenlijk geen advies vragen op dit terrein, want bij mij is alles fout gelopen. Met mijn score zat het ook niet zo goed, anders was Olaf niet vreemdgegaan en waren we nu misschien nog bij elkaar.'

'Maar laat ik dan van jouw fouten leren. Sorry, dat klinkt onaardig, zo bedoel ik het niet. Wanneer merkte jij dat Olaf en jij uit elkaar groeiden?'

'Ach, het is zo'n sluipend proces. Achteraf is het altijd gemakkelijker te analyseren, maar op het moment zelf had ik het allemaal niet door. Ik denk dat het begonnen is na de geboorte van Timo. Toen de tweeling daar vrij snel op volgde, hadden we onze handen vol aan drie kinderen. Ik dan. Ik was heel veel met de kleintjes bezig en had niet door dat Olaf dat niet trok. Mannen moeten gewoon wat meer geduld krijgen. Het is toch logisch dat je druk bent als je kleine kinderen hebt en dat je niet direct je eigen sexy ik bent na de bevalling? Olaf heeft het nooit eerlijk toegegeven, maar ik verdenk hem ervan dat hij al voor de geboorte van de tweeling een relatie had met Minke.' Ze schuift haar bord lasagne weg (Eelke's dieettip: eet altijd maar de helft op van wat je voorgeschoteld krijgt). Ik kijk twijfelend naar mijn eigen bord. Zal ik ook de rest laten staan? Mwah nee, volgende keer misschien, het is zo lekker.

'Volgens hem is het allemaal pas gaan spelen toen de tweeling een jaar was, maar ik weet het nog zo net niet. Al kan het me nu niet meer schelen. Hij zoekt het maar uit met haar. Ik ben er klaar mee. En ik denk niet dat jij je al te druk hoeft te maken, Robbert is hartstikke gek op je.'

'Ja, dat weet ik. Maar het is zo anders tussen ons sinds Tara er is. Het is saai samen. We hebben nooit meer een goed gesprek, de dagen zijn allemaal hetzelfde, 's avonds vallen we allebei doodop in slaap. En we kibbelen zo veel tegenwoordig. De vakantie was fijn, hoewel wat gezapig, maar nu zijn we weer thuis en is alles hetzelfde. Robbert zit ook niet lekker in zijn vel. Hij heeft een werkdip, er zijn al een tijdje geen nieuwe opdrachten meer, en daar maakt hij zich meer zorgen over dan hij wil toegeven, geloof ik.'

'Vast. Je weet hoe gevoelig hij daarvoor is. Hoe gevoelig mannen op dat vlak in het algemeen zijn. En dat kibbelen hoort erbij. Dat doen alle jonge ouders. Je bent eerder kribbig omdat je allebei moe bent, je bent wat onzekerder over wat je wel en niet moet doen, het is echt voor beiden enorm wennen en dat heeft zijn tijd nodig. Maar niet alle mannen zijn zulke eikels als Olaf. Ga over een paar maanden lekker een weekendje weg samen. Af en toe weer Liz en Robbert zijn in plaats van papa en mama, doet wonderen voor je relatie.'

'Je hebt gelijk, misschien maak ik me druk om niks. Je

kent me, ik zie weer veel te veel problemen. Ik word soms zo moe van mezelf. Geen wonder dat Robbert dat ook wordt. Hij werd niet goed toen ik de Canarische Eilanden als vakantiebestemming voorstelde, omdat ik bang was dat Mexico te ver en te ingewikkeld zou zijn met zo'n ukkie. Uiteindelijk ging het reizen met Tara natuurlijk prima! Ik ben vast nog extra labiel van de zwangerschap. Hoelang duurt het in vredesnaam voordat ik me weer mezelf voel?'

De woensdag daarna gaan we wennen op de crèche. Nou ja, we. Tara officieel. Ik officieus. Ik herinner me nog heel goed dat ik vroeger inwendig moest gniffelen om vriendinnen die met tranen in hun ogen zaten te vertellen dat het zo moeilijk is je kind voor het eerst naar de crèche te brengen. En ik herinner me ook nog heel goed dat ik al die moeders heb uitgemaakt voor slome mutsen. Ik wist heel zeker dat ik nóóit zo zou worden. Nu is het toch gebeurd. Ik zie er als een berg tegenop. Hoe kan een ander in 's hemelsnaam net zo goed voor Tara zorgen als ik? Er zijn zeker tien baby's in haar groepje en maar twee leidsters, dan krijgt ze vast niet genoeg aandacht. Robbert heeft makkelijk praten, hij is niet al maanden dag en nacht met haar bezig. Hij heeft niet die band die ik heb. Voor vaders is het toch anders. Mannen zijn zo rationeel.

Met lood in mijn schoenen wandel ik naar Dikkertje Dap. Ik moet toegeven dat het er nog steeds net zo leuk uitziet als toen we voor het eerst gingen kijken. Het gebouw is schoon en fris (of zou ik immuun zijn geworden voor de geur van poepluiers?). Het is een kleine crèche met twee verticale groepen. Of horizontaal, dat weet ik niet meer zo goed. In ieder geval zijn de kinderen in de groep van Tara tussen de nul en vier jaar. Tara is een van de kleinsten. Als ik naar de ruimte van de kaboutergroep loop, word ik bijna omvergelopen door een driejarige met een enorme auto in zijn handen. Help, wat een drukte en een lawaai hier. In de kaboutergroep hebben de muren allemaal een andere kleur. Voor de rode muur staat een roze bank. Daarvoor staan twee wipstoeltjes op de grond met kinderen erin. De juf op de bank geeft ze een fruithapje, zo te zien. Met Tara tegen me aan geklemd, loop ik naar de bank toe.

'En daar is Tara! Wat gezellig!'

Voor me zit een jongere versie van Naomi Campbell. Een knap donker meisje van begin twintig. Bruin haar, kort rokje, ellenlange benen. Is het niet beter dat crècheleidsters meer op moeders lijken? Brede heupen, uitgezakte buik en ronde schouders? Voelt zo'n kind zich daar niet veel meer bij thuis?

'Ik ben Cindy en werk altijd op de kaboutergroep van dinsdag tot en met vrijdag. Dat zijn geloof ik precies de dagen dat Tara komt, dus ik zal haar vaak zien. Wat een schattig meisje. En wat kijkt ze al wijs uit haar ogen!'

Zeggen ze dat tegen alle moeders?

'Ja, het is een schatje. Thuis althans. Maar hier ook, hoop ik. Ik heb melk meegenomen omdat ik nog borstvoeding geef. Kan ik dat ergens in de koelkast zetten? Ik heb er een sticker met haar naam opgeplakt. Jullie weten dat je het beter niet in de magnetron kunt opwarmen?'

'Ja hoor, dat komt voor mekaar. Ze is echt niet de eerste die borstvoeding krijgt.'

Zo, direct op mijn plaats gezet door het Naomi-type. Wat een stralend begin van de dag. Maar ze bedoelde het niet slecht, ze wilde mij natuurlijk geruststellen.

'Zal ik nog even blijven om Tara een beetje op haar gemak te stellen of is dat niet de bedoeling?' vraag ik onzeker.

'Je mag het zelf weten natuurlijk, maar voor de kleine is het goed om een poosje alleen te zijn hier. Dat is ze vanaf volgende week per slot van rekening ook. En als het niet gaat, bellen we. Maar troost je, de meeste kindjes hebben de eerste keer zoveel te kijken dat de ochtend omvliegt voor ze.'

'Goed. Dan ga ik maar,' zeg ik bedremmeld. 'Zal ik dan over drie uurtjes terugkomen?'

'Uitstekend. Wanneer heeft ze voor het laatst gedronken?'

'Ze moet om ongeveer elf uur de fles. Maar misschien ben ik er dan alweer, dan kan ik de borst geven.'

'Kijk maar wat je doet. Oefenen met uit het flesje drinken is ook goed. Dan kunnen we direct zien of dat lukt en of ze ons accepteert.'

'O eh, ja, dan kom ik iets later. Ik heb nog een slaapshirt van mezelf meegenomen. In *Ouders van Nu* las ik dat dat helpt, een ding met de vertrouwde geur van thuis. Zal ik dat hier neerleggen in de box? Of in haar bedje?'

'Geef maar. Ik bewaar het voor straks, als we de fles geven. Dat vindt ze vast fijn om te ruiken.'

Grrr. Zij doet dus straks net of ze mij is. Mijn shirt om haar heen zodat Tara mij ruikt. En dan snel de fles geven. Ha, zo kan ik het ook. Dat heeft Tara heus wel in de gaten!

'Tot straks dan, hè?' Cindy lijkt een einde aan het gesprek te willen maken. Ik geloof dat ik nu echt moet gaan.

'Kom maar mooi meisje van mama.' Ik loop met Tara naar de box. Ze kijkt een beetje geschrokken als ik haar neerleg op het fleurige kleed. Of verbeeld ik me dat maar?

'Mama gaat weg maar komt echt snel terug. Ga jij lief kijken hier naar de andere kindjes? Juffie Cindy zorgt voor jou. En voor je het weet ben ik terug.' Ik geef een kusje op haar voorhoofd en druk mijn neus nog even in haar nek. Snuiuif. Een flinke teug Tara. Wat ruikt ze toch lekker. Snuiuif. Hier moet ik het een paar uur mee doen. Nog een laatste shot. God, wat is zo'n kleintje verslavend!

'Het komt allemaal goed. Maak je maar geen zorgen. Ga je wat leuks doen?' vraagt Cindy meelevend als ze ziet hoeveel moeite ik heb met afscheid nemen.

'Ja, ach, ik zie wel. Misschien even de stad in.'

'Veel plezier. En bel gerust als je wilt weten hoe het gaat. Voor de ouders is het vaak meer wennen dan voor de kleine.'

Ik loop met tranen in mijn ogen de deur uit. Poeh, dit is moeilijk. Nog moeilijker dan een interview doen in het

Frans over nieuwe ingrediënten in crèmes met een dermatoloog. Moeilijker dan een kind eruit persen. Dit is een soort
opnieuw de navelstreng doorknippen. Maar nu doet het
echt pijn.

Op de fiets besluit ik dat ik mezelf mag belonen voor deze
moedige daad: ik ga winkelen. Na een halfuurtje winkel in
winkel uit, kan ik mezelf echter niet langer voor de gek houden. Ik loop hier tijd vol te maken. Ik wil helemaal niet winkelen. Ik mis Tara. Wat zal ze zich verlaten voelen. Zomaar
bij vreemden achtergelaten. En winkelen is niet prettig als je
te dik bent, dus dat is geen goede afleiding. Zou ik al kunnen
bellen? Nee, het is echt te vroeg. Nog een halfuurtje minstens. Dan mag ik bellen.
  Ik trakteer mezelf op een kop koffie en een muffin bij Ba-
gels & Co en laat me achterovervallen in een laag kussens op
een van de loungebanken. Dat loungen is heerlijk, tot het
moment dat je op moet staan of onderuitgezakt soep moet
eten. Maar een muffin is goed te doen in deze positie en opstaan hoeft voorlopig niet. Eigenlijk ben ik verdomd relaxed, al zeg ik het zelf. Nog twintig minuten en dan bel ik.
En over dik anderhalf uur ga ik haar halen. Helemaal zo
slecht nog niet dit. Het is een soort afkicken. Je moet er langzaam aan wennen en dan voel je je beter. Net als stoppen
met roken. Je bent blij dat je er vanaf bent, maar toch mis je
het. Iedereen die weer gaat werken, vindt het heerlijk. Ik dus
vast ook.
  Er komt een meisje binnen met een baby in een draagzak
op haar buik. Ze gaat twee banken verderop zitten en haalt
het kleintje eruit. De baby is net zo klein als Tara. Ze legt
hem op de bank en houdt een rammelaartje boven zijn
hoofd. De kleine kraait en kirt en zij lacht naar hem. Hij
probeert het rammelaartje te grijpen. Zij drukt haar neus in
zijn nekje en neemt een snuif. Slik. Die muffin smaakt niet
meer. Ik wil naar Ta-ha-raa, buuh! Ik wil ook zo'n moeder

zijn die met haar kind de stad in gaat en hem dan meeneemt om ergens koffie te drinken! Ik reken af en loop naar buiten. Daar neem ik een diepe teug frisse lucht en pak mijn fiets. Ophouden nu met dat zelfbeklag! Ik moet lichamelijk actief zijn! Thuis hol ik de trap op om mijn fitnesskleren te pakken. Maar eerst gris ik de telefoon van de houder in de slaapkamer. Even bellen. 'Hallo, met Elizabeth Dekker, kunt u mij doorverbinden met de kaboutergroep?' Terwijl ik wacht tot ik Cindy aan de lijn krijg, hoor ik veel gehuil en gekrijs. Cindy zal toch niet helemaal naar de telefoon in de andere groep hoeven te lopen? En laat ze Tara alleen?

'Met Cindy.'

'Hallo, met de moeder van Tara Waver. Ik belde even om te vragen hoe het gaat.'

'Het gaat uitstekend, maak je niet ongerust. Ze heeft een poosje rondgekeken in de wipstoel en ligt sinds een halfuurtje te slapen. Als ze straks wakker wordt, geven we haar de fles.'

'Ik hoef dus niet eerder te komen?' vraag ik half opgelucht, half teleurgesteld.

'Nee hoor, echt niet nodig. Het gaat prima. Tot straks!'

Het is natuurlijk prettig dat het goed gaat, maar ook een deceptie. Ze mist me dus niet eens. En ze vindt het prima daar. Ik geloof dat ik me een beetje verraden voel. Op naar All Fit om de muizenissen weg te sporten. Dit is pas de tweede keer na de intake, terwijl ik me heilig had voorgenomen minstens drie keer in de week te gaan. Maar ik moet nog in het ritme komen, zullen we maar zeggen. Als ik straks weer werk, gaat het vast en zeker beter. Ik moet en zal terug naar maat 40! Robbert lijkt me absoluut niet meer aantrekkelijk te vinden. Er is nog steeds niets gebeurd na de vakantieseks! Hij probéért niet eens wat in bed. Straal ik uit dat ik geen zin heb? Of is hij begripvol naar mij toe omdat hij in een van mijn vele zwangerschaps- en bevallingsboeken heeft gelezen dat vrouwen minder zin hebben zolang ze borstvoeding geven? Eelke kan wel zeggen dat we zo'n goede relatie hebben, maar hoe vaak ziet zij ons nou met z'n tweeën? En ik heb Robbert tot op heden nog niet in die boeken zien lezen, dus waar hij die wijsheid dan vandaan heeft, is me een raadsel. Ik vraag me toch af of hij niet vreemdgaat, net als Olaf. Vorige week had hij twee keer 's avonds een bespreking met een nieuwe klant. Toen ik ernaar vroeg, hield hij de boot af. En toen ik laatst naar zijn werk belde, wist niemand waar hij was tijdens de lunch en nam hij zijn mobiel ook niet op. Gaat hij soms naar de hoeren?! Een snelle wip maken in de lunchpauze? Of ben ik nu definitief paranoïde aan het worden? Kappen, Liz, sporten!

Na een kwartier op de hometrainer in All Fit ben ik behoorlijk stuk. Ik doe nog tien minuten de lopende band en besluit dat ik de rest van de apparaten voor deze keer mag overslaan. *Way to go, Liz.* Snel doe ik een paar buikspieroefeningen om het knagende schuldgevoel draaglijk te houden. Daarna sjees ik naar huis, spring ik onder de douche en stap in de auto. Ik mag Tara ophalen! Dat maatje 40 moet nog maar eventjes wachten.

'Tara heeft het prima gedaan,' zegt een vrolijke Cindy, als ik de kaboutergroep binnenkom. Ik gris Tara uit haar handen. Wat ben ik blij om mijn mini weer te zien! Ze vertoont echter geen enkele emotie. Ik snap ook wel dat ze haar handjes niet naar me uit kan steken, maar een soort liefdevolle blik is toch niet te veel gevraagd?

'Als het morgen en overmorgen ook zo goed gaat, kun je volgende week met een gerust hart gaan werken,' zegt Cindy bemoedigend.

Tara zal het dus wel redden. Er zijn geen smoezen meer. Ik moet aan het werk.

Vijf dagen later is het zover. Het is kwart over zeven en ik zit in mijn nieuwe zwarte H&M-broek (jáhaa, maat 42) en grijze truitje van Isabel Marant in de auto op weg naar de redactie. De buikpijn is weg. Het onbestemde nare gevoel is weg. Ik voel me anders. Toen ik afgelopen vrijdag Tara op ging halen van Dikkertje Dap en zag dat ze haar ogen uitkeek in de wipstoel was het plotseling allemaal goed. Tara heeft het naar haar zin op de crèche en ik kan weer verder met mijn eigen leven. Gisteravond nog tegen Robbert gezegd dat het goed is dat hij me heeft tegengehouden. Die kon een triomfantelijke grijns met moeite onderdrukken, de schat. Stel je voor dat ik mijn baan had opgezegd. Raar, hoe snel zo'n gevoel kan veranderen. Op een of andere manier voel ik me bevrijd. Een hele dag gewoon werken. Doen waar ik goed in ben. Mijn eigen tijd indelen. Bijpraten met mijn collega's. Ik leef weer! Het glamourleven gaat weer beginnen! Kom maar op met de presentaties en lunches. Knal open die champagneflessen, *I'm back*! Mijn god, wat ben ik blij dat ik erdoorheen ben. Die rollercoaster van gevoelens heeft mijn leven de laatste maanden voortdurend op zijn kop gezet. Als ik even niet oplette, zat ik alweer te grienen, of op Robbert te vitten of moe te wezen, of sentimenteel, chagrijnig, onredelijk, hysterisch blij, bodemloos verdrietig, pfff. Mag het een onsje minder? Ik ben bovendien absoluut knettergek geweest dat ik er serieus over heb gedacht mijn baan op te geven! Op de komende redactievergadering ga ik onmiddellijk voorstellen een verhaal te schrijven over vrouwen en ambitie. Want hoeveel vrouwen probéren het niet eens meer na de bevalling, omdat ze zich zo laten meeslepen door hun hormonen en de beren en spoken die ze op de weg zien?

Robbert is vandaag thuis met Tara. De maandag wordt zijn papa-dag. Ik kon me dus vanmorgen na de ochtendvoeding rustig aankleden en de deur uitlopen. Nog een dagje respijt van de stress van het halen en brengen van en naar de crèche. Daarna breekt het grote verdeelschema aan. Robbert brengt Tara elke ochtend weg en werkt vier dagen. Ik blijf 36 uur werken (tenzij het niet gaat, dan neem ik ouderschapsverlof) en haal Tara elke dag op. Ook heb ik beloofd braaf om de week een atv-dag op te nemen en die dag te besteden aan huishoudelijke taken zoals boodschappen, wassen en bedden verschonen. Robbert vond eigenlijk dat ik ook maar een dag minder moest gaan werken of vier keer negen uur. Maar ik weet waar dat op uitdraait: nog meer stress om alle deadlines te halen. En uiteindelijk zit ik dan thuis mijn artikelen af te maken. Bovendien vind ik het niet zo'n goede carrière*move* om nu minder te gaan werken. Als ik maar vier dagen werk, kan ik het wel vergeten om hoofdredacteur te worden.

Vandaag zullen Robbert en Tara het vast en zeker gezellig hebben samen. Ik heb een checklist voor Robbert gemaakt. En *Post Its* aan de binnenkant van de kastdeur geplakt over het opwarmen en ontdooien van de borstvoeding. Nog even, dan mag Tara ook potjes. Dan wordt het makkelijker. Nu moet ik vandaag twee keer kolven. Ik zie me al zitten met m'n kolfapparaat in het modehok. Tussen de nieuwe wintercollectie van Prada. Of zou er nog ergens anders een rustig plekje zijn om te kolven? Dat apparaat maakt zo'n lawaai. Beetje gênant hoe die tepel naar binnen wordt gezogen. Toen ik 'm thuis aan het uittesten was en Robbert de kamer binnenkwam, voelde ik me behoorlijk lullig. Zou hij mijn borsten ooit nog sensueel kunnen vinden na gezien te hebben hoe ze in het apparaat werden gezogen en de melk eruit spoot? Het zal vast niet bevorderlijk zijn voor ons seksleven. Over welk seksleven heb ik het trouwens?

Wanneer ik de grote hal binnenloop, voel ik weer de kriebels die ik ook had toen ik Tara kwam showen. Dit pand heeft iets magisch. Zou dat gevoel altijd blijven? Ook als ik hier over vijfentwintig jaar nog zit en hoofdredacteur ben van een internettijdschrift dat op een portable uitrolbaar superflatscreen wordt uitgegeven? In de lift druk ik opnieuw trots op het knopje van de achtste. Jammer dat er niemand bij me in de lift staat. Geen jaloerse blikken dit keer.

Als ik na de 'ting' uit de lift stap, bots ik tegen iemand aan die in volle vaart de lift in stormt. Een vlaag l'Eau d'Issey overspoelt me.

'Goedemorgen, eerst eruit, dan erin lijkt me toch nog steeds de ongeschreven regel wat deuren betreft?' zeg ik op een belerend toontje.

'Zeker, maar hij geldt niet als je haast hebt.' Ik zie een waanzinnig knappe man de lift in schieten. Hallo, hallo, wie mag dit lekkere ding zijn?

'Nou, volgens mij geldt hij dan ook nog,' antwoord ik betweterig.

Maar de knappe onbekende tegen wie ik ben opgebotst, staat al in de lift en hoort me niet meer. Enigszins beduusd zie ik de liftdeuren dichtgaan. Als ik doorloop gaan de deuren echter weer open en ik kijk om.

'Hé, sorry!' Grote grijns. Deuren weer dicht.

Wie is dat in 's hemelsnaam? Hij kwam van de achtste… Zou het een nieuwe medewerker zijn op de redactie of iemand van de postkamer? Straks maar bij Miriam navragen.

Op de redactie is nog niemand. Mooi. Kan ik rustig achter mijn bureau gaan zitten en de boel op me in laten werken. Links ligt een enorme stapel post. Rechts een grote stapel plastic mapjes. Daar begin ik nog maar niet aan. Ik neem aan dat Linda of Miriam nog een toelichting gaat geven op die stapel. Achter me is de muur volgebouwd met open kasten, met daarin zo'n dertig verschillende bladen. Alle buitenlandse edities van *Women's world*, maar ook internationale bladen als *Vanity Fair, In Style* en *Vogue*. Wat heerlijk, ik kan vanavond een stapel meenemen.

Eerst de mail checken. De inbox puilt vast uit van de berichten. Wat was mijn *password* ook alweer? Terwijl ik mijn computer opstart, bekijk ik een nieuw persbericht:

Summersun is een parfum dat vrouwen inspireert zich te koesteren in de magie van de zonsopgang. Een parfum dat ze een nieuwe dimensie van sensualiteit, warmte en vrouwelijke uitstraling verleent. Kopnoten als door de dauw beroerde witte lelies uit Madagaskar, bij het ochtendgloren met de hand geplukte Indische rozenblaadjes en bitterzoete bessen uit de tropische wouden van Brazilië geven deze geur haar warmte en kracht mee.

Wat een mondvol superlatieven. Doodgewoon geval van zomers bloemig parfum lijkt mij.

'Hé, je bent er weer!' Miriam komt enthousiast de redactie binnenstormen en zoent me op beide wangen.

'Ja, net of ik niet ben weg geweest, hè?' Slik, zolang ik niet naar de stapels kijk tenminste.

'Gezellig hoor dat je er bent. Heb je er zin in? Ik heb je gemist, al heb ik de afgelopen maanden vreselijk veel presentaties bijgewoond. Wat dat betreft was het fijn dat je er een tijdje niet was. Ik ben minstens vijf kilo aangekomen van al die lunches. Maar alle adverteerders zijn blij met de aandacht die ze hebben gekregen. O ja, ik heb goed nieuws: er komen nog wat reisjes aan. Ik heb een stapeltje uitnodigingen voor je. Een parfumintroductie in Parijs en iets over nieuwe lipsticks in Berlijn. En ik heb voor volgende week een afspraak voor je gemaakt bij een instituut dat zegt dé behandeling tegen *cellulite* te hebben.'

Miriam staat erom bekend dat ze graag praat en dat het niet meevalt haar de mond te snoeren. Maar vandaag stoort het me niet. 'Dat klinkt hectisch. Ik ga me eerst door de post worstelen en dan nemen we de laatste nieuwtjes en uitnodigingen door, goed?'

'Prima. We hebben trouwens een nieuwe mannelijke collega gekregen. Hij heet Jeroen en doet veel interviews. Maar hij komt vandaag geloof ik niet, hij heeft drie afspraken staan. Een snoepje is het, en *single*. Maar je zult hem morgen wel zien, de redactievergadering is verplaatst naar morgen.'

Zo, zo, Jeroen. Dat moet de man van de botsing zijn.

De ochtend gaat razendsnel om. Iedereen wil horen hoe het met me gaat. Dus laat ik aan iedereen trots de laatste foto's van Tara zien en vertel ik een stuk of vijf keer hoe lief ze is en wat ik de laatste weken van mijn verlof heb gedaan. Om twaalf uur tolt mijn hoofd. Jemig, twaalf uur? Ik heb zelfs niet eens naar huis gebeld! Snel even checken hoe het thuis is. Robbert neemt niet op. Hij is vast met Tara bezig. Nou ja, ik moet het ook loslaten. Ik ben nu op mijn werk. Als er iets is, hoor ik het wel. Maar ik mag na de lunch best nog een keertje bellen.

'En, hoe was je eerste dag?' Robbert zit uitgeput tegenover me aan de tafel. Halfnegen en we hebben eindelijk tijd om zelf te eten. Tara ligt boven in haar bed. Ik kon me in het begin niet voorstellen dat ze ooit 's avonds boven zou gaan slapen, maar ik moet zeggen dat het een verademing is. Het leven lijkt soms 's avonds bijna weer normaal. Vroeger liep ik alleen niet vier keer per avond de trap op. Nu wel, nu heb ik een onbedwingbare dwang voortdurend te controleren of ze nog leeft. Soms hang ik boven haar bed om te luisteren of ze nog ademt. En af en toe, als ik niets hoor, schud ik haar zelfs een beetje wakker om zeker te weten dat ze nog leeft.

'Het was heerlijk om weer op de redactie te zijn. Ik moet wel wennen aan de hectiek en het snelle ritme, maar het is verrukkelijk om eens iets anders te doen dan luiers verschonen en babytaal uit te slaan. Ik heb al meteen nieuwe ideeën. Misschien ga ik een stuk schrijven over vrouwen en ambitie. Vrouwen haken veel te snel af als ze een kind krijgen.'

'Dat heb je vlot geconcludeerd,' zegt Robbert grinnikend. 'Vorige week zat je nog te jammeren dat je niet zo lang zonder Tara kan. Zie je nou wel dat het prettig is om weer te werken? En jij maar bang zijn dat je Tara te veel zou missen. Wat ken je jezelf toch slecht.'

'Hormonale kwestie, lijkt me. Je had helemaal gelijk! En

jullie, hoe hebben jullie het gehad? Nog gewandeld met Tara? Het heeft veel geregend hè?'

'Het weer zat niet echt mee, nee. Toen het droog was, ben ik met haar naar de kinderboerderij gelopen. Ze was niet erg onder de indruk van de dieren daar. Ik kan niet wachten tot ze groter is en op dingen gaat reageren. Maar het was gezellig. Ze heeft allerlei geluiden liggen maken in de box.'

Daar gaan we weer, babbeldebabbeldebabbel. Sinds Tara er is gaan onze gesprekken bij het eten echt nergens meer over. Dat heeft me de laatste weken niet gestoord omdat ik zelf zo moederkloekerig bezig was, maar nu, na mijn eerste dag op de redactie, valt het me extra op. Vroeger konden we 's avonds nog wel eens in een stevige politieke discussie belanden, maar over poepluiers discussiëren wordt al een stuk ingewikkelder. Ook mijn fout natuurlijk. Ik zwengel zelf het gesprek aan met een opmerking over regen, da's nauwelijks een spannend onderwerp te noemen. Bovendien lig ik maanden achter met wat er in de wereld gebeurt, ik heb geen krant ingekeken de laatste tijd. Dat moet op mijn *to do*-lijst.

'Heb je nog naar kantoor gebeld vandaag? Is er al iets bekend over die opdracht die je probeert binnen te halen?' Robbert lijkt de laatste tijd in een wat beter humeur, ik denk met name omdat er een grote klus gloort. Hij stopt er veel tijd in. De laatste weken werkt hij voortdurend 's avonds lang door. Vorige week was hij pas om één uur 's nachts thuis van een etentje met die nieuwe klant.

'Ja, ze hebben me vandaag hier thuis gebeld voor een vervolgafspraak. Vrijdag ga ik verder met ze praten. Dat kan trouwens laat worden, jij hebt toch niets vrijdagavond?'

'Nee, ik ben thuis. Maar waarom moet het elke keer 's avonds en waarom bellen ze op je vrije dag? En om wat voor opdracht gaat het trouwens?'

'Lieffie, je weet toch dat het soms nodig is informeel om te gaan met nieuwe klanten. Zeker die reclamebureaus, die vinden het prettig als je een keer met ze brainstormt in de kroeg.'

'Maar om wat voor opdracht gaat het dan precies?' vis ik verder.

'Niets ingewikkelds, een internetsite en een magazine voor een nieuwe *freshfood*keten. Als we deze opdracht krijgen zitten we het hele jaar goed qua omzet.'

Robbert kijkt me niet aan. Zou hij wat verbergen?

'Maar ik weet nog niet of het wat wordt, ik heb nog niet eerder met PPGK gewerkt. Het zou prettig zijn als we deze opdracht binnenslepen, want dan kunnen we in de toekomst misschien meer voor ze doen.'

'Hé, PPGK, daar heb ik ook nog mee gewerkt toen ik bij Rood zat. Heb je toevallig contact met Marc?'

'Nee, met ene Chantal. Ken je die?'

Chantal, Chantal. Ik pijnig mijn hersens, maar ik ken haar niet. Een Chantal bij een reclamebureau kan echter niet anders zijn dan jong, sexy en knap. Alles wat ik op dit moment niet ben. Zou Robbert toch vreemdgaan? Ineens voel ik me doodmoe.

'Nee, die ken ik niet. Het zou mooi zijn als jullie die opdracht krijgen. Maar ik hoop dat je daarvoor niet te vaak met Chantal de kroeg in hoeft,' zeg ik er quasi grappend achteraan. Robbert haalt zijn schouders op. 'Als je het niet erg vindt, ga ik even op de bank liggen, bijkomen van de dag,' zeg ik terwijl ik met een stapel tijdschriften naar de bank loop.

Robbert trekt een verontwaardigd gezicht en begint tegen te sputteren. 'Ja hallo, ik heb ook een intensieve dag gehad met die kleine. Ik wil ook bijkomen. Maar de vaatwasser moet nog worden uitgeruimd en ingeruimd en de rotzooi moet worden weggewerkt in de woonkamer, want morgen komt de schoonmaakster. Jij zegt zelf altijd dat een dag met Tara net zo zwaar is als een dag werken. Je helpt dus maar mooi mee.'

Damn. Waarom onthoudt die man altijd alles? Nu ik zelf weer werk voelt het toch anders. Hij had een dag vrij. Ik heb gewerkt. Morrend begin ik aan de afwasmachine. Dit nieuwe leven gaat zwáár worden.

MAAND 5 NA BEVALLING
Schuldgevoelens over: geen idee (heb zelfs geen tijd
om na te denken waar ik me allemaal schuldig over
voel)
Irrationele gedachte: deze nieuwe behandeling helpt
echt tegen cellulite.
Vervangen door: ik moet accepteren dat mijn cellulite
nooit weg zal gaan.

Terwijl een al te subtiel lentezonnetje probeert door het
wolkendek heen te breken, parkeer ik mijn auto op een grote
lege parkeerplaats van een nietszeggend gebouw op een be-
drijventerrein in Purmerend. De uitnodiging klonk veelbelovend. Een behandeling tegen cellulite. Mmm, een bescheiden liposuctie meteen erbij? Mij hoor je niet mopperen.
Maar goed, alle cellulite weg is ook al heel prachtig. Wanneer is cellulite eigenlijk een *topic* geworden? Volgens mij
bestond het niet eens toen ik veertien was. Het stond in ieder geval nog niet in de bladen. Maar tegenwoordig kun je in
de lente en zomer geen tijdschrift openslaan of ze slaan je
met de cellulite-ellende om de oren. Ik doe er zelf natuurlijk
net zo hard aan mee. Iedereen wil toch in het voorjaar weten
hoe je er vanaf kunt komen? Erfelijkheid schijnt een rol te
spelen, maar ik heb ooit de benen van mijn moeder aan een
grondige inspectie onderworpen en daar was geen bobbeltje
op te zien. Wat me goed deed om te weten, was dat het niet

uitmaakt of je dik of dun bent. Ook dunne mensen hebben het! Maar dik en cellulite is natuurlijk erger dan dun en cellulite. En ik hoor bij de eerste groep. Soms troost ik me met de gedachte dat ik de enige ben die het ziet en dat mannen niet doorhebben wat cellulite is. Maar Robbert kwam laatst met de opmerking dat die bobbeltjes op mijn benen erger zijn geworden sinds de zwangerschap. Niet dat ik ze nu heb, nee, ze zijn érger geworden. Zo, dat kwam hard aan. Avond verpest, dag verpest, week verpest, leven verpest. Ik geloof dat hij het niet eens hatelijk bedoelde, het was meer de nuchtere vaststelling van een feit. Wat het natuurlijk niet beter maakt.

Maar er is hoop en hij heet endermologie. Vandaag zit ik in *the middle of* nergens om de bobbels weg te laten toveren. Ingenieuze massagerollers zullen mijn benen veranderen in strakke gladde objecten. Als ik bij de balie ben aangekomen, word ik verwelkomd door een beleefd meisje. Ze loodst me naar een kleedkamer en vraagt of ik me helemaal wil uitkleden en een soort bodysuit van pantystof aan wil trekken. Dan bega ik de vergissing van mijn leven: als ik me erin heb geworsteld, kijk ik in de spiegel. Fout! Ik lijk op een worst met een vel eromheen. Dit is erger dan alle kleedhokjes met verkeerde belichting bij elkaar en dat zijn er heel wat! Met een ingehouden gilletje ontvlucht ik de kleedkamer en ga op de behandeltafel liggen. Het meisje pakt een stofzuigerslang met aan de bovenkant een rolkop. Een halfuur lang bewerkt ze mijn benen, billen en zelfs rug ermee (zou daar ook cellulite zitten?). Het voelt alsof een sterke gespierde man me een flinke massage geeft. Ik probeer te doen of mijn nieuwe collega Jeroen over me heen hangt.

Toen hij zich aan me voorstelde op de redactie hebben we nog gelachen om het 'liftincident'. Miriam had gelijk: Jeroen is een bijzonder goed gelukt exemplaar. Hij heeft intrigerend groene ogen. En een heel mooie mond. Volle lippen, witte tanden (zou hij ze bleken?) en een prachtige lach. Om over zijn lijf maar niet te spreken. Bovendien is hij grappig én goed in zijn werk. Gisteren een artikel van hem gelezen over de nieuwe vrouwen in de politiek. Indrukwekkend stuk.

'Zo, we zijn klaar hoor, je mag je aankleden.'

Het meisje haalt me abrupt uit mijn dagdroom en duwt op de knop aan de zijkant van de behandeltafel waardoor ik omlaag ga. Als ik me in de kleedkamer van het worstenvelletje heb ontdaan, bekijk ik nauwgezet mijn benen voor de spiegel. Lijkt het zo of zijn ze strakker? Zou het echt geholpen hebben?

Tijdens het nagesprek keer ik echter snel weer terug op aarde. De ene na de andere domper wordt gemeld. 'Na een paar keer zie je pas goed resultaat. We raden gemiddeld zeker zo'n tien behandelingen aan. Je moet er wel wat geld voor over hebben en je hebt er het meeste aan als je ook op je eten let en veel water drinkt. Daarnaast moet je het bijhouden. Een tot twee keer per jaar een sessie van een paar behandelingen doen. Maar je leest er alles over in de persmap die ik je dadelijk meegeef.'

Goed, geen haalbaar plan dus voor mij en de meesten van onze lezeressen, besluit ik terwijl ik licht gedesillusioneerd weer naar m'n auto loop.

Terug op de redactie slaat de stress toe. Het is deadlinedag en ik moet de culturele agenda nog afmaken. Na twee uur bellen, schrijven en foto's zoeken, slaak ik een zucht van verlichting. Gelukkig. Tekst af. Printen, in de map stoppen en naar de eindredactie. Weer gelukt. Net als ik mijn jas aantrek en naar de crèche wil racen om Tara te halen, roept Jeannette me vanuit haar kamer.

'Liz, heb je nog heel even?'

Gehaast loop ik haar kamer binnen. 'Niet zo lang, crèche weetjewel, sorry.'

'Ik ben zo klaar, het gaat over het PY-project.'

PY-project? Mijn hersenen werken op volle toeren. Ergens gaat een belletje rinkelen, waar staat dat ook alweer voor? Jeannette drukt me een paar A4'tjes over het project in handen. O ja, PY staat voor *Present Yourself*. Ik kan me herinneren er vorige week iets over gelezen te hebben op het intranet.

'Ik weet dat je het druk hebt, zo net na je verlof, maar ik heb deze week nog een presentatie van je nodig in verband met het PY-project. Ken je het? In die A4-tjes staat meer informatie.'

'Ik heb er vorige week al wat over gelezen. Het heeft er toch mee te maken dat elk tijdschrift een presentatie moet houden voor belangrijke adverteerders?'

'Klopt. Die presentatie is volgende week en ik moet *Women's world* stevig op de kaart zetten. De advertentie-inkomsten zijn gedaald en niet alle adverteerders hebben gesignaleerd dat we twee jaar geleden een koerswijziging hebben ingezet. Ik wil een overtuigende presentatie houden over de vernieuwende, eigenwijze en trendy kijk van *Women's world* op het leven van dertigers met ambitie. Van jou wil ik graag nog deze week een stuk hebben over de onderwerpen die je onder je hebt. Wat is er veranderd de laatste twee jaar, welke benadering staat centraal, welke invalshoeken kies je en waarom? Voor het beautydeel wil ik bovendien een uitgebreider stuk omdat er diverse beauty-adverteerders aanwezig zullen zijn. Ik hoef geen overzicht van alle onderwerpen van de laatste twee jaar, maar wil een duidelijke visie van jou op papier: waarin onderscheiden we ons van andere magazines en op welke manier wordt onze lezeres geïnformeerd over trends en ontwikkelingen op cosmeticagebied. Kun je het me uiterlijk vrijdag aanleveren? Dan ga ik dit weekend een presentatie in elkaar zetten.'

'Tuurlijk, geen probleem. Ik ga er direct mee aan de slag,' antwoord ik, terwijl ik met een schuine blik op mijn horloge kijk. Shit, ik moet echt weg. PY of niet, de crèche gaat dadelijk dicht.

'Hartstikke fijn, bedankt.'

'Vrijdag heb je het. Ik moet nu hollen.'

Flinke klus. Waar moet ik deze week nog tijd vandaan halen?

Love is a battlefield. Pat Benatar schreeuwt het uit door de speakers in The Eighties, waar ik met mijn versgemasseerde benen zit te wachten op Eelke. Eén avond en minstens tien kwesties om te bespreken. Hoe de kids het doen en hoe leuk ze zijn natuurlijk. Tara heeft vandaag 'mama' gezegd. Of in ieder geval leek het daarop. Maar er zijn nog negen andere belangrijke onderwerpen. In willekeurige volgorde:

- Nieuwe mannelijke collega, te mooi om naar te kijken (moet even gemeld)
- Energie (te weinig, hoe hou ik dit vol?)
- Borstvoeding (heb absoluut een peptalk nodig)
- Eelkes *date* met Mike (relatiepotentieel?)
- Tara krijgt tandjes (help, wat moet ik doen?)
- Seks (komt het ooit goed?)
- Weer werken (eventueel overslaan bij te weinig tijd)
- Robbert doet vreemd
- Gaat Robbert vreemd?

Als Eelke er is en we hebben besteld, brand ik los. 'Vertel, hoe was je *date* met Mike? Ik vind het zó moedig van je. Een *blind date*, wie had gedacht dat je daar ooit nog in zou belanden?' Hm, had diplomatieker gekund. Eelke heeft na haar scheiding van Olaf een jaar geleden geen man meer aangeraakt. Volkomen begrijpelijk, maar niet iedereen is zo'n lul als Olaf. Natuurlijk had ze op een gegeven moment haar twijfels en vermoedens, maar hij bleef altijd ontkennen dat er een ander was. Toen ze echter bewijs vond, heeft ze 'm subiet de deur uit gegooid. Inmiddels staan ze weer op redelijk goede voet, al was het maar vanwege de kinderen.

'God, het was echt vreselijk. Ik heb heus mijn best gedaan, maar ik ben er nog niet aan toe. Voor de vorm heb ik één biertje met hem gedronken, maar toen heb ik hem verteld dat ik er verder geen zin in had en ben ik opgestapt. Had je dat hoofd moeten zien,' zegt Eelke lacherig. 'Het was een mengeling van verbazing en beledigd zijn. Ik ben nog steeds boos merk ik,' vervolgt ze plotseling serieus, 'en aangezien ik Olaf al zo vaak heb uitgescholden en op alle mogelijke manieren heb dwarsgezeten, kan ik niet anders dan me afreageren op andere mannen. Ik ben boos op de man in het algemeen en Olaf in het bijzonder. Nog geen Mikes voor mij dus. Maar hoe is het bij jou? Trek je het om weer te werken?'

Ik begin te ratelen: 'Ja, het gaat eigenlijk heel goed. Op het werk althans. Het is heerlijk om bezig te zijn, creatief te zijn, weer bij een team te horen, even geen moeder te zijn. Ik bruis van de ideeën en heb veel afspraken. Even geen sleur meer, heerlijk! Maar natuurlijk mis ik Tara. Vorige week voelde ze zich niet lekker en dan heb ik het er moeilijk mee. Ik kon écht niet thuisblijven en gelukkig heeft Robbert vrij genomen, maar ik wilde haar het liefst zelf de hele dag in mijn armen houden om te troosten. Ik denk dat het tandjes zijn. Verder heb ik het superdruk, ik moet een complete visie op papier zetten over mijn rubrieken voor een of andere presentatie die Jeannette gaat houden, vreselijk veel werk, geen idee wanneer ik het moet doen.'

Als Eelke even later aan het bestellen is, tuur ik enigszins gespannen voor me uit en bedenk dat ik graag mijn twijfels over Robbert nogmaals met haar wil bespreken. Of zou ze er gek van worden? Kom ik op onze afspraken ooit nog met iets anders aan dan problemen, twijfels en knelpunten?

'Het is best wel druk zo trouwens,' begin ik met het *understatement* van het jaar, als ze twee dagmenu's en een fles rosé heeft besteld. 'Werk is oké, maar al mijn energie gaat daarin zitten en thuis ben ik kapot als die kleine eenmaal in bed ligt. Ik moet moeite doen om niet voor negen uur in slaap te vallen. Robbert vindt het – volkomen terecht – niet erg gezellig, maar ik zak rond die tijd echt in een soort coma. Ik heb beslist mijn normale hoeveelheid energie nog niet terug en merk dat ik snel geïrriteerd ben en dat op Robbert afreageer. Hij doet dat omgekeerd ook vrij vaak, het lijkt of we niet meer op een normale manier kunnen communiceren of overleggen. We zijn in ieder geval niet meer de gelukzalige jonge ouders van de eerste maand. God, wat was dat fijn, toen hadden we allebei vrij en niets aan ons hoofd behalve Tara.' Gemakshalve vergeet ik de blinde paniek die zich toen vijftig keer per dag van me meester maakte en die zeker zo uitputtend was als de situatie van werkende moeder nu. De zegeningen van een selectief geheugen.

'Maar Robbert begrijpt toch ook wel dat het nu even extra zwaar is, nu je weer moet werken? Dat je je draai weer moet vinden?'

'Ja, natuurlijk, hij snapt het best. Maar toch is het net of we elkaar voortdurend verkeerd begrijpen, of onze gesprekken niet meer lopen. Het voelt niet goed op het moment. We hebben het nergens meer over, kibbelen veel en leven langs elkaar heen. Misschien is het een kwestie van wennen, dit nieuwe leven met Tara erbij en het gedoe met halen en brengen van en naar de crèche op stipte tijden enzo. Robbert zegt er niets van, maar ik zie aan zijn gezicht dat hij ervan baalt dat ik elke avond uitgeblust op de bank zit en vroeg het bed in duik. Het sprankelt niet meer tussen ons.'

'Logisch toch, Liz, dat je moe bent? Tara is pas vierenhalve maand en je bent net weer gaan werken! Het eerste jaar is een aanslag op je relatie, dat is nou eenmaal zo.' Eelke kijkt me begripvol aan terwijl ze met een geroutineerd gebaar het halfvolle bord van zich afschuift. Mij lukt het nog steeds niet om dat advies op te volgen.

'Maar het is misschien wel slim om wat meer tijd voor seks te maken. Ik neem aan dat die ook niet is verbeterd als jij elke avond vroeg naar bed gaat?'

'Seks, wat is dat?' lach ik hol het probleemonderwerp weg.

'*Relax, just do it.*' Frankie goes to Hollywood vult The Eighties met z'n opruiende seksplaat. Moet ik proberen of die zwarte kanten bodystocking me nog past en Robbert morgen verrassen? De gedachte dat ik dit lijf in een bodystocking moet hullen doet me huiveren, maar alles voor de goede zaak. Ik schuif niet geheel overtuigend een overheerlijk kwartvol bord tomatenrisotto van me af.

'Ik heb trouwens een nieuwe collega. Een man!' begin ik over wat anders, omdat ik bij nader inzien toch geen zin heb om het over mijn seksproblemen te hebben. 'Wel wennen hoor, zo'n man op een vrouwenredactie. Maar het is prettig. Komen we nog eens op andere thema's in de brainstormsessies. En hij heeft een verfrissende kijk op de onderwerpen.'

'Zo, dat zal niet meevallen voor hem, tussen allemaal vrouwen. Met hoeveel zitten jullie ook alweer op de redactie?' Eelke neemt een flinke hap van haar Dame Blanche (die ze natuurlijk ook maar voor de helft zal opeten). Ik heb geen nagerecht besteld, slechts koffie. Ik ben trots op deze zelfdiscipline. Het bijgeleverde schoteltje bonbons heb ik inmiddels halfleeg gegeten. Dat is natuurlijk niet goed, maar stel je voor dat ik én een nagerecht én koffie met bonbons had genomen?

'We zijn nu met z'n elven met Jeroen erbij. Ik geloof dat hij er zelf niet zoveel last van heeft dat hij tussen allemaal vrouwen zit. Maar hij heeft waarschijnlijk ook niet door dat we allemaal behoorlijk op hem lopen te geilen. Hij is waanzinnig knap. Volgens Miriam is hij gescheiden en heeft hij een kindje van vijf. Ik heb het er persoonlijk nog niet met hem over gehad. Misschien vraag ik wel of hij volgende week een keer mee gaat lunchen, als ik wat meer tijd heb.'

'Klinkt als een foute vent. Klein kindje en al gescheiden. Is er natuurlijk ook zo een die z'n vrouw verliet zodra het leven wat ingewikkelder werd met kinderen. Hou maar op.' Eelke klinkt verbitterd. 'Zullen we zo gaan, ik ben eigenlijk dood-op,' zegt ze plotseling geeuwend.

Eelke heeft duidelijk geen zin om het over mannen te hebben. Ze ziet er doodmoe uit. Geen wonder. Het lijkt me waanzinnig zwaar om in mijn eentje voor Tara te moeten zorgen. En zij heeft drie kleintjes.

De volgende dag zit ik in de trein naar Brussel, op weg naar een afspraak met een Amerikaanse dermatoloog. Ik ben blij dat ik eindelijk twee keer tweeënhalf uur tijd heb om rustig aan mijn stuk voor dat PY-gedoe te werken. Hoewel, ik kan niet de hele reis daarmee bezig zijn, want ik moet ook nog kolven. Jammer genoeg is het een gewone internationale trein en geen Thalys. Van andere BV-moeders heb ik gehoord dat er in die laatste babyverschoningskamers zitten waar je perfect aan de slag kunt met je apparaat. Nooit geweten overigens dat BV-moeders een soort sekte vormen, tot ik er ook toe behoorde. BV-moeders geven elkaar ongevraagd tips, moedigen elkaar aan en geven elkaar complimenten. Mijn nieuwe ik vindt het heerlijk tot deze sekte te behoren. Had je het me voor de bevalling verteld, dan had ik er van gegruwd. Brr, ongevraagde tips. Moeders die over BV praten. Kan het saaier? Maar nu voel ik me soms net een klein meisje dat een complimentje krijgt van de juf op school. Ik mag nu ook door naar de tipgevers; met vijf maanden ervaring kan ook ik jonge moeders stimuleren en aanmoedigen. *Join the club*. Zet door. Hou vol. Help, ben ik dit?

Goed, geen babykamer dus in deze aftandse trein. De gewone wc dan maar? Geen goede optie, want als er iemand een nanoseconde aan de deurklink rammelt, krijg ik er al geen druppel meer uit. Niets is zo remmend voor de melkproductie als het gevoel dat je moet opschieten. Bovendien stinkt het er en het is er vies. Maar ik moet toch. Want op het station word ik opgehaald door een PR-medewerkster en dan moet ik direct door naar het hotel van de dermatoloog. Ik kan toch moeilijk aan de man vragen of hij even kan wachten en dan op de wc in zijn suite gaan zitten kolven? Zal ik de conducteur vragen of ik in zijn hok mag? Even m'n borsten checken. Shit, die zijn keihard en dreigen dadelijk te gaan lekken. Het zou redelijk rampzalig zijn om met natte plekken op mijn shirt de dermatoloog te moeten interviewen.

Ik besluit de trein door te lopen op zoek naar een conducteur. Absoluut onvindbaar natuurlijk. Ten einde raad zoek ik mijn toevlucht tot een hokje waar ooit een telefoon heeft gehangen. De deur is half van glas, maar als ik helemaal in de hoek met mijn rug naar het balkon ga staan, moet het te doen zijn. Als ik de kolf op mijn tepel zet, voel ik me vreselijk zielig. In een hoekje van een smerig hokje met een kolf op mijn tiet. Jemig, wat is dit gênant. En dat allemaal voor zo'n stom interview. Met tranen in mijn ogen loop ik een kwartier later het hok uit naar de wc. Daar gooi ik de verse melk in het vieze stinkende gat. Hup, de rails op. Natuurlijk had ik het mee kunnen nemen in een koeltasje, maar dat is zo'n gedoe. Ik troost me met de gedachte dat Tara bijna zes maanden is. Die eerste zes maanden schijnen het belangrijkst te zijn. Daarna kan ik de voedingen overdag afbouwen. Tara heeft nog steeds geen nep gehad. Van dat nepperige melkpoeder bedoel ik dan. Een halfjaar volledige borstvoeding, dat is het beste. Voor Tara en mezelf. Als ik Tara nu volstop met antistoffen, zal ze hierna vast nooit meer ziek zijn omdat ze een waanzinnige hoeveelheid weerstand heeft opgebouwd. Bovendien val ik door de borstvoeding kilo's af zonder op dieet te hoeven (dit laatste is puur *wishful thinking* en absoluut geen rationele gedachte).

Als ik de maandag daarop aankom op de redactie na een ontbijtpresentatie in het Amsterdamse Hilton hotel, blijkt daar complete paniek uitgebroken. Vandaag is de grote dag voor het PY-project, maar Jeannette is ziek en Myrna, de chef-redactie, is vertrokken voor een congres in het buitenland. Wanhopig stormt het hoofd van de salesafdeling op me af.

'Liz, goed dat je er bent. Ik kreeg je niet te pakken mobiel.'

'Sorry, ik heb mijn telefoon uitgezet tijdens de presentatie en zeker vergeten weer aan te zetten,' verontschuldig ik me, maar ze hoort me nauwelijks en ratelt meteen door. 'Heb je het gehoord? Jeannette is ziek. En beneden zijn de presentaties in het kader van het PY-project volop aan de gang. Over anderhalf uur is *Women's world* aan de beurt. Het zou zó zonde zijn om deze kans te laten liggen. Een zaal vol belangrijke adverteerders, we móeten ons echt presenteren. Maar ik wil het zelf niet doen, doel van dit project is juist dat het van de redacties komt. Jij bent mijn laatste kans. Zie jij een mogelijkheid het te doen? Jeannette heeft al een powerpointpresentatie gemaakt en jij hebt zelf ook input geleverd, hoorde ik. Er zitten voornamelijk beautyadverteerders in de zaal en die wereld ken je natuurlijk goed. Je bent de enige die ik het toevertrouw. Neem alsjeblieft de presentatie over!' Smekend kijkt ze me aan.

Spreken voor een zaal vol adverteerders? Over anderhalf uur? Zijn ze soms gek geworden? Natuurlijk is het belangrijk voor *Women's world*, omdat de concurrentiestrijd gigantisch is en we ons beter moeten profileren, bla bla bla, maar zomaar die pakken met geld toespreken, onvoorbereid?

'Ik doe het,' hoor ik mezelf zeggen met een vastberadenheid waarvan ik bij gelegenheid nog eens moet uitzoeken waar ik die vandaan haal. 'Maar dan moet ik nú de presentatie hebben en niet gestoord worden, zodat ik me kan voorbereiden.'

'Je bent een held, ik ga direct de laptop halen waar alles op staat. Zal ik koffie voor je halen?'

'Haal maar véél koffie.' Vijf minuten later zit ik achter de laptop en loop door Jeannettes presentatie heen. Hij zit goed in elkaar, tuurlijk. Gelukkig weet ik bij elke pagina wat achtergrondinformatie te vertellen. De nieuwe koers van *Women's world* is me op het lijf geschreven. We maken hét tijdschrift voor de moderne vrouwelijke dertiger met ambitie. Terwijl ik de pagina's doorloop, word ik steeds enthousiaster en zelfverzekerder. Dit verhaal kan ik zeker met overgave vertellen.

'Kom je, je bent zo aan de beurt.' Voor ik het weet, staat het hoofd sales weer naast me.

Ik hol snel naar de wc, doe een nieuw laagje lipgloss van MAC op (professionaliteit is nu geboden), haal een paar keer diep adem, trek mijn jasje recht en volg haar daarna gedecideerd naar de grote vergaderzaal op de eerste verdieping. Als ik de zaal binnenkom, voel ik even een vlaag van paniek. Veel mannen, veel grijze pakken. Oei. Snel loop ik door naar de katheder en ik neem een slokje water terwijl ik word geïntroduceerd.

'Geachte heren,' open ik mijn verhaal. 'En dames,' vervolg ik, 'maar daar zie ik er helaas maar enkelen van in de zaal. En juist dát is de reden dat *Women's world* uw aandacht verdient. Want *Women's world* is het enige blad in Nederland dat op zeer succesvolle wijze werkende vrouwen inspireert, motiveert en informeert. *Women's world* wil dat er meer vrouwen op hogere posities komen. Wil dat meer vrouwen doorstromen. Wil dat meer vrouwen de kans krijgen op een goede manier werk en kinderen te combineren. Is voor u *Women's world* de zoveelste glossy? Dan wordt het nu tijd om op te letten, want *Women's world moves women*. Laten we beginnen met de feiten.' Ik tover een scherm vol getallen tevoorschijn. 'Uit een onlangs door ons gehouden onderzoek blijkt dat *Women's world* zestig procent van de vrouwen in de leeftijd van 30 tot 45 jaar bereikt. Maar liefst driekwart van onze lezers heeft een hbo of universitaire opleiding. Een kritisch publiek, maar in dit geval ook een tevreden publiek, want 89% van de lezers geeft *Women's world* gemiddeld een 8+ als waarderingscijfer.' Ik klik door en presenteer een aantal gegevens over het koopgedrag van onze lezers. 'Onze lezers kopen gemiddeld één keer per kwartaal een nieuw parfum, twee keer per kwartaal een nieuwe lipstick en behoren op het gebied van huidverzorging tot de *innovators*. Nieuwe geuren, nieuwe kleuren, nieuwe ontdekkingen op huidverzorgingsgebied, onze lezeressen zijn uitermate geïnteresseerd in trends en ontwikkelingen en hebben er redelijk wat geld voor over als ze ervan overtuigd zijn dat ze iets kopen dat hen iets extra's brengt. Feit: een ruime zeventig procent van onze lezers geeft aan kennis van nieuwe producten op cosmeticagebied op te doen in *Women's world*. Dat waren wat gegevens om u wakker te schudden, dan wil ik nu overgaan tot het toelichten van de nieuwe inhoudelijke koers van ons tijdschrift.'

De woorden rollen moeiteloos uit mijn mond. Ik hoor mezelf praten, zie mezelf gebaren en hoor de zaal lachen als ik een grapje maak. Het gaat goed, iedereen luistert aandachtig! Er wordt om mijn grapjes gelachen! De adrenaline davert door mijn lijf.

'Zijn er nog vragen?' Voor ik het weet, is het uur om en hoor ik mezelf de beroemde slotzin uitspreken. Nadat ik enkele vragen uit de zaal heb beantwoord, komt het hoofd sales met een grote grijns op haar gezicht op me af. Ze pakt de microfoon en zegt: 'Graag wil ik Elizabeth Dekker bedanken voor deze bevlogen presentie. Zij heeft de presentatie onverwacht moeten overnemen van onze hoofdredacteur Jeannette ter Veer, maar ze heeft het met verve gedaan. Elizabeth, bedankt!' De zaal klapt. Ik glunder.

'Het verhaal over vrouwen en ambitie. Liz, wat is de stand van zaken?' Een week later zitten we met de hele redactie om de tafel in de vergaderkamer voor de redactievergadering. Er is koffie en op tafel staat een grote schaal muffins. Jeannette kijkt me vragend aan. Ze heeft me vorige week thuis gebeld om me te bedanken voor het overnemen van de presentatie. Vanmorgen zei ze bovendien dat ze trots op me was en dat ze van verschillende kanten had gehoord dat ik het fantastisch had gedaan. *Yes!!!*

Op de redactievergadering lopen we alle verhalen door waaraan wordt gewerkt. Wie schrijft wat, hoe vordert het stuk. Een prettig moment, want je krijgt direct feedback van je collega's.

'Het verhaal vordert goed,' beantwoord ik haar vraag. 'Ik heb vrij veel research gedaan voor dit artikel, want ik wil het goed onderbouwen en de lezer aan het denken zetten met schokkende cijfers. Mijn insteek wordt dat vrouwen moeten doorzetten. Ik heb verschillende invalshoeken bekeken. Eerst dacht ik dat het stuk over het glazen plafond moest gaan, of over het gebrek aan goede kinderopvang in Nederland. Maar ik denk dat het een artikel moet worden over doorzettingsvermogen. Dat is het meest prikkelend en past goed bij *Women's world*. Niet een zielig verhaal dat vrouwen tegen een glazen plafond op lopen, maar een artikel over wat vrouwen eigenlijk willen. Veel vrouwen zeggen hun baan op als er kinderen komen. Soms direct, soms als de kinderen naar school gaan en ze ertegenop zien een oplossing te zoeken voor de vrije woensdag- en vrijdagmiddag en schoolvakanties. Vrouwen in Nederland willen gewoon niet werken. Ik ben er nog niet uit waar dat nou precies in zit.'

Cynthia, onze eindredacteur begint te zuchten. 'Als je maar niet weer de overheid en de slechte kinderopvangmogelijkheden de schuld geeft. Dat vind ik zo gemakkelijk. Iedereen lukt het uiteindelijk een crèche of oppas te vinden, als je wilt werken kan dat echt.'

'Ja, dat is zo. Ik denk ook dat het een kwestie van willen is. Iedereen roept wel dat het hier niet goed is geregeld, maar is dat nou écht de reden dat zoveel vrouwen stoppen of parttime gaan werken? Ik zie om me heen genoeg vrouwen die minder werken omdat ze geen zín hebben in het drukke bestaan van werken en kinderen. Natuurlijk is het heftig. Kinderen en werk combineren. De werkdruk is hoog in Nederland, veel mannen doen nog steeds erg weinig in huis. Maar in het buitenland is dat niet anders. Daar lukt het vrouwen toch ook? Vrouwen die stoppen met werken, moeten zo eerlijk zijn toe te geven dat ze geen zin hebben in die drukte. Ze kiezen er zelf voor, maar klagen wel na een paar jaar dat ze nooit de top hebben bereikt. Of roepen dat er nog steeds te weinig vrouwen op topposities zitten. Maar we zullen daar toch zelf wat aan moeten doen? Vrouwen moeten doorzetten in plaats van afhaken als er kinderen komen!'

'Maar moeten we dat nou veroordelen? Is het niet goed dat vrouwen de keuze durven te maken om minder te gaan werken als er kinderen komen?' Jeroen neemt het op voor de deeltijdwerkers. Wat is het toch een schatje. En nog vrouwvriendelijk ook! Vorige week hebben we samen een broodje gegeten in de kantine onder het mom van 'je collega beter leren kennen'. Hij blijkt inderdaad gescheiden, maar hij liet er niet zoveel over los. Hij vertelde wel honderduit over zijn dochtertje. Helaas had hij een interviewafspraak en moest hij weg toen het gesprek net wat persoonlijker leek te worden.

'Nou, veroordelen niet nee,' zeg ik terwijl ik me naar Jeroen draai. Waaah, die ogen... 'Maar we kunnen wel proberen vrouwen aan te sporen het niet te snel op te geven. Ik herken het gevoel wel. Toen ik Tara net had, moest ik er niet aan denken weer te gaan werken. Ik wilde het liefst mijn baan opzeggen en voor haar zorgen. Ik ben blij dat ik dat niet heb gedaan. Nu ik weer werk, merk ik pas hoeveel voldoening dat geeft. Het weegt op tegen de stress van de combinatie werk en kind.'

'Maar voor sommigen is dat te veel. Als vrouwen ervoor kiezen minder te werken, vind ik dat we dat niet moeten veroordelen. Daar moet je ook met bewondering naar kijken. Ik vind het juist goed dat vrouwen zo'n beslissing durven te nemen en hun kind en relatie een poosje op het eerste plan stellen. Doorgaan met je carrière terwijl je relatie eronder lijdt, is ook niet ideaal,' zegt Jeroen, terwijl zijn stem hapert.

Verbeeld ik het me of is Jeroen enigszins geëmotioneerd? Misschien is dat wel wat er is misgegaan met hem en zijn ex.

'Heb je cijfers over hoeveel procent van de vrouwen parttime werkt? En hoe dat zit ten opzichte van andere landen?' vraagt Jeannette.

'Het schijnt dat in Nederland 58 procent van de vrouwen een werkweek van minder dan drieënhalve dag heeft,' zeg ik terwijl ik mijn notitieblok erbij pak. 'We hebben veel meer vrouwelijke parttimers dan bijvoorbeeld Duitsland, Italië of de Verenigde Staten. Ik denk echt niet dat dat een goede ontwikkeling is. Want parttime werken betekent toch in veel gevallen dat de vrouwen financieel afhankelijk zijn van hun man. Zijn al die jaren feministische strijd op die manier niet voor niets geweest?'

'Er is toch niets mis mee om een paar jaar minder te werken en minder te verdienen?' Sophia, zelf moeder van drie kinderen en parttime redacteur, kijkt fel. 'Het is toch helemaal niet erg om een paar jaar een stapje terug te doen en het geld dat je samen verdient te verdelen?'

'Natuurlijk niet, maar dan moeten we dat ook wel tot een paar jaar beperken. Want vrouwen blijken vaak in deeltijd te blijven werken, ook als de kinderen al naar school gaan. Het is zo geen wonder dat Nederlandse vrouwen niet verder komen. Ik las laatst dat er in een land als Botswana meer vrouwelijke hoogleraren zijn dan in Nederland!' Altijd goed om met dit soort feiten te komen. 'Ik denk dat in Nederland de cultuur van "ga maar minder werken als je kinderen hebt, doe het maar rustig aan" is doorgeschoten. Hier kijkt men je gek aan als je zegt dat je fulltime werkt en een kind hebt. In andere landen is dat heel gewoon. Vrouwen moeten een schop onder hun kont krijgen. En ik ga ze die schop geven in mijn artikel!'

'Mooi Liz, dat klinkt strijdvaardig en het levert vast een goed artikel op. Denk je dat je het over twee weken af kunt hebben? Dan kan het nog in het julinummer mee.' Jeannette beëindigt de discussie en stapt over op het volgende onderwerp. 'Kent iemand nog een persoon in zijn omgeving die jaren is voorgelogen door zijn partner en daarover wil vertellen in *Women's world*?'

Ik denk aan Eelke, maar weet dat haar verdriet nog te vers is. Ze kan nog niet goed over de leugens en het bedrog van Olaf praten. Laat ik haar maar niet voordragen.

's Avonds sta ik vertwijfeld met een lege koffer voor mijn kledingkast. Morgen moet ik naar Parijs om de lancering van een nieuw parfum bij te wonen. Er zit een overnachting bij. Op zich heel aangenaam natuurlijk, maar ik ben nog nooit een nacht bij Tara weggeweest. Zal ik haar niet vreselijk missen? Tijd om er lang bij stil te staan is er echter niet, er zijn grotere problemen. Zoals: wat moet ik aan. De hele internationale beautypers zal aanwezig zijn, en ik moet zwaar mijn best doen me te transformeren van met Liga besmeurde moeder tot beautydiva. Ik ben al zo gewend aan de moeder*look* dat ik echt niet kan bedenken wat ik ooit droeg op dit soort gelegenheden. Verwoed schuif ik de hangertjes in de kast van links naar rechts. Er zal toch wel íets tussenzitten dat me nog past en dat ik altijd naar dit soort gelegenheden droeg?

Jeetje, die kast. Elke keer dat ik 'm opentrek, baal ik dat ik niet zo'n nette-stapeltjes-meisje ben. Alles ligt door elkaar. Onopgevouwen, half over elkaar heen geprot. Absurd dat ik thuis zo'n sloddervos ben, terwijl ik op het werk zo geordend en georganiseerd ben. Minstens één keer per drie maanden trek ik alles uit de kast en maak ik er stapeltjes van. Die er dan nog steeds niet uitzien als die van een echt net persoon. Zou een au pair ook andermans kleding in keurige stapeltjes leggen? Of moet je daar extra voor betalen? En zouden er ook mannelijke au pairs zijn die klussen doen in huis? Eigenlijk hebben we een klusjesman nodig, stel ik vast als ik de trap oploop naar zolder. Als ik de deur opendoe, schrik ik opnieuw van de rommel. Overal liggen half uitgepakte dozen en zakken. Er is hier niet geverfd, er ligt geen tapijt en her en der staan gipsplaten klaar om tegen de balken gespijkerd te worden. Ooit wordt dit een prachtige studeerkamer. Met schotten langs de muren, zodat we alle campingspullen, winterkleding, oude administratiemappen en studiespullen daarachter kunnen stoppen. Ooit krijgen de wanden een terrabruine tint. Ooit komt er een groot houten bureau. Een Afrikaanse uitstraling had ik voor deze kamer in gedachten. Koloniale Karen Blixen-stijl op een zolder in Leiden. Daar zie ik de humor wel van in. Helaas valt er niets in te richten zolang het oude behang niet is afgestoomd, de wanden niet zijn afgetimmerd en er geen tapijt is gelegd. Voorlopig gaat dat ook niet gebeuren, want eerst moeten beneden nog plinten tegen de muren worden getimmerd, moeten op de eerste etage diverse deuren en muren worden geverfd en moet er een nieuwe badkamer komen. Ik loop naar de hoek van de zolderkamer en trek mijn trolleykoffer uit een stapel campingspullen voordat ik naar beneden loop. Soms vliegt het me flink aan, zo'n huis dat nog niet af is.

Leiden 1997. Ik vind klussen in ons nieuwe huis niet meer leuk! En romantisch is het al helemaal niet. Robbert is stikchagrijnig en hij laat mij de hele dag stomme klusjes doen. Schroeven kopen. Broodjes smeren. Koffiezetten. Sta ik net een kozijn te schuren, roept Robbert dat hij en zijn vrienden honger hebben. Net of wat ík doe niet belangrijk is. Natuurlijk, zij doen de grote dingen. Zij doen het zware werk. Maar wat ik doe is ook belangrijk! Hij kan zelf toch ook brood smeren? We zijn nu al vier weekenden aan het klussen en de hele afgelopen week hebben we van 's ochtends negen tot 's avonds negen geklust. Alles zit tegen. *De man van de verwarming kwam niet opdagen. Het dak bleek lek. In de wc hangt een smerige rioollucht. De keuken hebben we eruit gesloopt, maar we hebben nog geen tijd gehad om een nieuwe uit te zoeken. Ik vrees dat die keuken niet meer lukt voor we in dit huis gaan. Over twee weken moeten we al verhuizen! Ik dacht eerst dat het niet zo erg was om geen keuken te hebben.* All you need is a micro wave. *Toch? Maar ik ben erachter gekomen dat ik nu de afwas moet doen onder de douche.*

Waar zou het fout zijn gegaan? Ik had me zo verheugd op dit romantische project. En nu hebben we alleen maar ruzie. Alsof ik het expres doe als ik een gipsplaat op Robberts hoofd laat vallen. Alsof ik opzettelijk de hamer heb kwijt gemaakt. Ik kan niets goed doen. Ik wil mijn relaxte Robbert terug! Misschien is dit hele samenwoonplan ook geen goed idee. Stel dat het verkeerd gaat? Hadden we niet eerst moeten oefenen op mijn etage in Amsterdam? Nu hebben we een huis en een gezamenlijke hypotheek. Help!

Ik trek mijn blauwe In Wear-pak uit de kast. Kleedt af, is netjes en zit lekker. Altijd goed dus. Zeker voor onderweg. Nu nog iets voor 's avonds. Er is een cocktailparty gepland. Ik scan snel de rijen en weet het weer. Het zwarte jurkje. Ik ging altijd voor de makkelijkste optie. Het altijd-goed-zwarte-jurkje. Het-niet-te-opvallend-en-nooit-overdressed-zwarte-jurkje. Ik weet dat ik schril zal afsteken bij de Italiaanse beauty-dames. Die kiezen voor diepe decolletés, spectaculair gekleurde jurken, doorschijnend met prints, en natuurlijk de enorme hakken. Ze kijken minachtend naar de Nederlandse pers met hun 'boeren-outfits'. Maar dit is niet het moment om risico's te nemen. Ik voel me niet prettig in mijn lijf en ben dus zeker niet in de stemming om mijn veilige zwarte jurkje deze reis te vervangen door een over de top risicovol kleurig, trendy geval. Ik kies voor een sober jurkje van We Woman (hopelijk is dat er niet aan af te zien, zou die belijning niet overkomen als een Armani?).

Nu nog een reserve-outfit vinden. Want dat kan ik me wel herinneren: de confrontatie in de hotelkamerspiegel. Wat goed staat in de spiegel thuis, blijkt plotseling absoluut vreselijk te staan als je in de badkamer van een luxe hotelkamer staat. Jurken waarvan ik in Nederland overtuigd ben dat ze m'n dijen superslank laten lijken en mijn billen sexy à la die van Jennifer Lopez, blijken onder het genadeloze licht van de Parijse hotelkamers te zijn veranderd in vreselijke niets-verhullende-te-strak-zittende-gevallen. Dus gaat er nog een setje in de koffer. Een zwart Kookaï-rokje waarvan ik hoop dat het een echte Miu Miu lijkt (wist niet dat het een Miu Miu-plagiaat was tot een van de modemeisjes op de redactie riep: 'Hé, dat rokje heb ik ook, van Miu Miu, uit hun collectie van twee jaar terug!' Betekent dat dat ik oké scoor qua merk of zit ik juist heel fout wegens oude collectie?). Nu de schoenen nog. Ook altijd een probleem. Ik ben in het bezit van drie paar schoenen met enorme hakken, maar heb slechts één paar ooit daadwerkelijk gedragen, op mijn trouwdag. De rest staat te wachten op de dag dat ik genoeg moed of zelfvertrouwen heb verzameld om er een avond op door te kunnen brengen en ook nu kies ik weer voor de makkelijke lage hak.

Daarna vul ik mijn koffer op met de noodzakelijke figuurbewerkers (strak-slankmaak-slip erbij, push-up bh, cellulitecrème, figuurcorrigerende panty). Nu alleen mijn toilettas nog. Niet vergeten in mijn handbagage alle make-up te vervangen door het juiste merk. Je kunt écht je lippen niet stiften met bijvoorbeeld Dior als je met Lancôme op perstrip bent!

Terwijl ik mijn koffer probeer dicht te ritsen, denk ik na over de voorbereidingen thuis. Wat moet Tara morgen aan naar de crèche? Zal ik het misschien aan Robbert overlaten? Ach nee, die kan vast niet beslissen, en komt dan zo laat op zijn werk. Ik sluip Tara's kamer binnen, stop mijn meisje nog eens lekker in en leg een broekje en shirtje klaar voor morgen. Beneden schrijf ik nog een briefje voor Robbert. Hij is wéér laat aan het werk. Als hij terugkomt slaap ik al, vrees ik.

Lieve Robbert,

Ik weet dat je het allemaal wel redt, maar zet voor de zekerheid toch nog wat zaken op papier. Kom donderdagavond met de Thalys van acht uur aan in Den Haag. Ben zo rond halfnegen thuis. Jij moet Tara dus morgen van de crèche halen. Probeer er alsjeblieft voor zes uur te zijn, het is zo zielig als ze de laatste is. Verder even kort:

- *Heb kleren voor Tara klaargelegd voor woensdag en donderdag.*
- *Vergeet je niet haar de vitamine D-druppels te geven?*
- *En vergeet je niet haar luier te checken voordat je zelf gaat slapen?*
- *Sorry voor mijn regeldrift!*

Hoop dat jullie het fijn hebben samen. Ook nog sorry dat ik gisteren zo kortaf was en vroeg naar bed ben gegaan. Van het weekend kunnen we misschien gezellig een film huren?

Kus en liefs,
Liz.

MAAND 6 NA BEVALLING
Schuldgevoelens over: carrièredrang, te veel geld
uitgegeven.
Irrationele gedachte: ik kan nu echt geen drukkere
baan aannemen. Dat kan ik Robbert en Tara niet
aandoen.
Vervangen door: dit is je kans. Grijp 'm!

Parijs, Parijs! Alle moederstress is compleet verdwenen als ik de volgende dag Gare du Nord uitloop en in de taxi stap die voor me is gereserveerd. De chauffeur heeft goed nieuws. We hebben nog een uurtje voor de lunch, de internationale pers wordt namelijk pas rond twee uur verwacht. Ik stel voor vast naar het hotel te gaan om in te checken, maar dat schijnt niet de bedoeling te zijn. Verdomme, had ik ook wel wat later kunnen komen, denk ik aanvankelijk. Maar het leed wordt verzacht als de chauffeur voorstelt me naar wat winkels te rijden. Wat zal het worden, de Chanelboetiek op Place Vendôme? Ik twijfel of ik het kan maken, maar gooi alle schroom overboord en vraag met een stalen gezicht of hij me naar de Baby GAP kan rijden op de Champs Elysées. Hij kijkt me verbijsterd aan, maar knikt dan, zet me een halfuurtje later voor de GAP af en belooft te wachten tot ik klaar ben. Ik haast me de trappen op naar de vierde verdieping en sla in een mum van tijd een heel nieuwe garderobe in voor Tara. Sweaters, joggingbroekjes, rompers, het komende halfjaar zit ik goed. Wacht, Robbert houdt niet van die sportieve kleding, laat ik er ook een paar jurkjes bij doen. Maar ze lijkt er zo gróót in! En ze zijn echt zo onhandig nu ze probeert te kruipen! Bij de kassa schrik ik: 218 euro is toch wat veel voor babykleertjes. Jammer van die euro, in francs of lires klonk zo'n bedrag altijd heerlijk abstract. Aan de andere kant, wie weet wanneer ik weer in Parijs kom? En de creditcard maakt veel goed, net of je geen geld uitgeeft.

Volgepakt stap ik een uur later uit mijn privé-taxi voor een restaurant. Ik moet me met mijn enorme GAP-tas en trolleykoffer in een minuscuul liftje proppen, wat net gaat. Boven vergaap ik me aan het uitzicht en de inrichting. Het restaurant is gevestigd op de tiende etage en heeft ramen die helemaal rondom lopen, waardoor ik een adembenemend uitzicht heb over Parijs. Binnen is alles met rood pluche bekleed en aan de plafonds prijken ouderwetse ornamenten. De PR-dame komt enthousiast op me aflopen en gooit er wat welkomstkreten uit. Dan loodst ze me naar een grote ronde tafel en plant me naast de internationale marketing-directeur. Nééé! Dit wordt een zware lunch. In plaats van de laatste roddels uit het beautycircuit te bespreken met mijn concullega's van andere bladen, zal ik drie uur lang serieuze beautytalk moeten houden.

Als ik me heb voorgesteld en een glaasje champagne heb gekregen, worden we welkom geheten door een kleine kalende Fransman. Hij is de algemeen directeur van het bedrijf en is verheugd dat we allemaal naar Parijs wilden komen voor de introductie van hun nieuwe – zeer speciale – geur met codenaam x-es. Hij belooft ons een enerverende avond waarin we alles zullen horen over dit spectaculaire nieuwe parfum. Maar zover is het nog niet. Nu wenst hij ons eerst een ontspannen lunch, waarbij in alle gangen ingrediënten van het nieuwe parfum zijn verwerkt.

Tijdens zijn toespraak kijk ik wat om me heen. Aan de andere tafels zitten beautyjournalisten uit Italië, Frankrijk en Engeland. Ze zijn allemaal zwaar opgemaakt, gehuld in designeroutfits en vinden blijkbaar dat daar een chagrijnige kop bij hoort. Ik moet er niet aan denken om in zo'n land beautyredacteur te zijn. In Nederland kunnen we tijdens dit soort diners uitgebreid het nieuwe kapsel van PR-dame x bespreken of de verwoede pogingen van bedrijf y om gratis publiciteit te krijgen. Heerlijk zijn de veelbetekenende blikken als we voor de zoveelste keer een dwarsdoorsnede van de huid te zien krijgen tijdens de presentatie. En als we zijn ingecheckt in het zoveelste luxe hotel, vergapen we ons aan elkaars kamers. Nee, wij pakken dat absoluut beter aan dan de buitenlandse beautyredacteuren. Die zien elkaar als grootste concurrenten en kunnen elkaars bloed wel drinken. Zonde van de tijd die je samen doorbrengt, is mijn nuchtere Hollandse mening. Als je voortdurend samen moet lunchen en dineren tijdens presentaties, kun je er maar beter het beste van maken, toch?!

Ik krijg een meelevende blik van het meisje van *Vogue* als ze ziet dat ik naast de marketingdirecteur ben neergezet. Aardige meid. Maar ik zou willen dat ze een drieling kreeg en haar baan opzegde. Hè bah, wat flauw om dat te denken. Ik sla me moedig door de lunch heen, houd een beleefd gesprek met mijn buurman over marketingacties en ga geïnteresseerd in op de getallen van marktaandelen die hij door het gesprek strooit. Ik dis een enthousiast verhaal op over de koerswijziging van *Women's world*, strooi zelf ook met wat getallen die ik me uit de PY-presentatie herinner en bespreek de mogelijkheid tot meer samenwerking. Drie uur, vijf gangen en heel veel getallen verder ben ik doodop. Gelukkig staan de taxi's al klaar om ons naar het hotel te brengen. We hebben anderhalf uur om uit te rusten en ons om te kleden. Daarna gaan we door naar het grootse evenement.

In de hotelkamer heb ik voornamelijk oog voor het bed.

De rest is vast ook mooi, maar ik wil nu vooral uitrusten. Ik gooi mijn koffer in een hoek en duik op het grote zachte matras. Wat zal ik vannacht goed slapen, wat een luxe vooruitzicht! Geen Tara die me wakker schreeuwt. Ik moet niet vergeten straks nog even naar huis te bellen om te horen of alles goed gaat. Eerst even liggen... Heel even maar. Dadelijk moet ik mijn jurk uithangen. Mijn haar wassen en föhnen. Me opmaken. Me omkleden. Mijn mobiel checken. De redactie bellen.

Tring. Triiiing. Wat is dat voor geluid? Ik slaap gewoon nog even verder. Kan die herrie niet ophouden? Shit! Ik schiet overeind. Ik ben niet thuis! Ik zit in Parijs. In een hotelkamer. De telefoon gaat. Waar staat dat ding? Paniekerig duik ik op het nachtkastje af en pak de telefoon op. 'Ja?'

'Ben je nog op je kamer? We zijn allemaal al in de lobby, ben je vergeten dat we nog wat zouden drinken? De taxi's gaan over een kwartiertje weg.' Ik voel het schaamrood naar mijn kaken stijgen. Shit, shit, shit. Snel kijk ik op mijn horloge. Kwart voor zes! Ik had om halfzes beneden moeten zijn! De PR-dame klinkt ineens niet meer zo goedgehumeurd als vanmiddag.

Ik kreun iets over in slaap gevallen, excuses en zelf een taxi nemen, maar ze houdt graag de groep compleet.

'We wachten met een drankje beneden. Maar kun je opschieten?'

'Natuurlijk. Sorry. Ik kom eraan!'

Merde! Ik was echt helemaal van de wereld. Nu moet ik mezelf in twee seconden toonbaar maken. Ik gris mijn jurkje – dat ik had moeten uithangen en nu gekreukt is – uit de koffer. Niets aan te doen. Panty aan, jurk aan, schoenen aan, kam door mijn haar, jas mee. Ben absoluut niet toonbaar, maar durf ze niet langer te laten wachten. Mijn make-up werk ik in de taxi wel bij. Buiten adem kom ik beneden. De andere journalisten beginnen grapjes te maken over jonge moeders als ik aan kom stuiven. Miss PR kijkt chagrijnig onder haar onberispelijke make-up. Ik duik in de taxi en probeer iets aan mijn ademhaling te doen. Tien keer diep ademen, Liz, adem naar je buik verplaatsen. Jemig, ik ben volkomen opgefokt. En we moeten nog de hele avond!

De energie komt gelukkig weer boven borrelen als ik uitstap in een buitenwijk van Parijs. We staan voor een enorme fabriekshal en krijgen een champagneflûte in onze hand gedrukt. Ook de andere internationale pers is er. Iedereen staat te wachten. De buitenlandse dames op hoge hakken, wij allemaal op een wat praktischer hoogte. Misschien is het echt moeilijker om je evenwicht te bewaren op zulke spitsen als je grof en groot bent zoals wij Nederlanders. Zou daar ooit een onderzoek naar zijn gedaan?

Even later loop ik met een klein groepje de fabriekshal in. Hier lijkt het of ik droom. We wandelen door lange witte gangen en komen telkens in een kleine zaal waarin een tipje van de sluier van de nieuwe geur wordt opgelicht. De ene keer zien we de flacon geprojecteerd in laserstralen, in de volgende ruimte staan allemaal lelies, en zo gaat het door. Tot we in een grote zaal komen waar enorme loungebanken staan opgesteld. We gaan liggen en krijgen op het plafond een projectie te zien van de reclamecampagne. Even later wordt de geur de ruimte in verstoven. Wat is dit mooi gedaan! En wat ruikt het heerlijk!

Als ik bij het buffet sta, moet ik mezelf knijpen. Het lijkt wel een sprookje. Maar ineens denk ik aan Tara. Ik mis mijn kleintje. Daar kan dit sprookje niet tegenop. Nog een uur of twee borrelen, eten en kletsen, daarna dat heerlijke bed in en morgen naar huis. Met mijn koffertje op de fiets. Geen privé-chauffeur. Geen limo. Het gewone leven. Maar wel met Tara. O ja, en Robbert natuurlijk. Ik mis hem geloof ik niet. Hij mij dus vast ook niet. Zou er geen ruimte meer over zijn gebleven omdat Tara alle liefde inneemt? Of mis ik hem niet omdat onze relatie toch rot loopt? In gedachten stel ik snel een lijstje op om te doen als ik weer thuis ben:

- Lekker koken voor Robbert
- Huis opruimen
- Babykleertjes uitzoeken
- Seks. Of nog beter: sex

'Liz, kun je straks even op mijn kamer komen? Ik wil je graag over iets spreken.' Vrijdagochtend en Jeannette vraagt me bij haar te komen. Wat zou er aan de hand zijn? Mijn hersens werken op volle toeren, maar ik kan niet direct iets bedenken. Misschien wil ze het hebben over mijn artikel over vrouwen en ambitie? Volgens mij is het een goed stuk geworden. Niet te moralistisch, maar wel een artikel dat een aantal vrouwen aan het denken zal zetten. Of zou het over de borstvoeding gaan? Ik ben aan het afbouwen, kolf nog maar één keer per dag. Dat kan toch geen probleem zijn? Gisteren trouwens nog flink gejankt vanwege afbouwproblematiek. Ik dacht dat ik zou staan juichen als ik de borstvoeding kon afbouwen, maar het voelt helemaal niet zo. Robbert snapt er geen bal van, die roept de hele tijd dat het nu makkelijker voor me wordt en dat ik weer meer energie krijg. Maar ik ben bang dat als ik overdag niet meer kolf, de melkproductie voor de voeding 's morgens en 's avonds ook stopt. En daar moet ik niet aan denken. Hoe moet Tara 's avonds in slaap vallen als ik haar niet eerst heb gevoed?

Nieuwsgierig loop ik de gigantische hoekkamer van Jeannette binnen die ramen rondom heeft. Geen spectaculair uitzicht, wel een prettig lichte ruimte. Aan de muur hangen de prints van de opgemaakte pagina's van het julinummer. Het is pas mei, maar het julinummer is bijna af. Zelf ben ik al met augustus bezig, en september staat stevig in de steigers. In het midden van de kamer staat een grote houten tafel waaraan ik ga zitten.

'Nou Liz, laat ik maar met de deur in huis vallen,' begint Jeannette zodra ik zit. 'Zoals je weet, wil Myrna graag parttime gaan werken en op den duur wil ze misschien helemaal stoppen. Ik vroeg me af of jij het komende halfjaar een aantal taken van Myrna op je wilt nemen en als je dat goed af gaat daarna misschien zelfs haar baan zou willen overnemen.'

Yes! YESSS! Chef-redactie! Ja, ik wil! Myrna's man heeft een baan in het buitenland gekregen en komende tijd krijgt ze het nogal druk met haar kinderen en heen en weer reizen. Het is de bedoeling dat ze hem over een halfjaar achterna verhuist. Chef-redactie is een superpromotie. En Jeannette vraagt mij!

'Ik heb de afgelopen jaren gemerkt dat je erg goed bent in organiseren, je hebt veel ideeën, kan goed de hoofdlijnen vasthouden en je commerciële kant is prima ontwikkeld, dat is wel gebleken bij de PY-presentatie die je laatst van me hebt overgenomen. Ik denk dat je alles in huis hebt om een goede chef-redactie te worden. Lijkt het je wat?'

'Ja, super. Natuurlijk. Het is zeker iets voor mij.'

'Dat dacht ik ook. Je bent er volgens mij ook aan toe een volgende stap te nemen.'

'Absoluut!'

'Fijn dat je zo enthousiast bent. Ik twijfelde even of ik je moest vragen omdat je net een baby hebt en het wel een erg drukke tijd voor je wordt. Ik kan namelijk geen nieuwe mensen aannemen tot Myrna een definitief besluit heeft genomen. Dat betekent dus dat je het komende halfjaar het deel dat je van haar overneemt boven op je gewone werk krijgt.'

O god, Tara. Ik was haar helemaal vergeten. Ik dacht alleen aan mezelf en aan mijn carrière. Dit is jarenlang mijn droom geweest. Chef-redactie bij een tijdschrift. Dat betekent dat ik bepaal wat er in *Women's world* komt te staan. Dat ik een sleutelrol vervul. Dat ik een stapje dichter bij de post van hoofdredacteur ben. Ik weet dat ik het kan. Maar jeetje, Tara. Ze is nog zo klein. Ik wil ook graag tijd voor haar hebben en niet pas thuiskomen als ze al in bed ligt. Ik wil af en toe een dagje vrij kunnen nemen om met haar naar de speeltuin te gaan. En wat nou als ik een tweede kind wil? Tara kan toch niet zonder broertje of zusje door het leven gaan? Hoe moet dat dan in deze functie? Robbert zal het natuurlijk helemaal geen goed plan vinden.

'Ja, het wordt zeker stervensdruk. Maar ik wil deze kans niet laten schieten. Chef-redactie is mij op het lijf geschreven en ik ben ontzettend blij dat je me de kans geeft,' zeg ik zelfverzekerd. Die twijfels moet ik thuis maar analyseren. Nu eerst zorgen dat Jeannette blij is dat ze mij heeft gevraagd.

'Denk er over na, weeg alle voors en tegens af, bespreek het met Robbert en laat me na het weekend weten of het je nog steeds iets lijkt. Ik heb nog twee kandidaten in mijn hoofd, maar ik wilde eerst met jou praten.'

Met een grote grijns op mijn gezicht verlaat ik Jeannettes kamer. Ik. Chef-redactie. Jippieieieie! Ik wil! Weer achter mijn bureau voel ik de klomp in mijn maag die ik net nog manmoedig voor thuis wilde bewaren. Hoe moet het allemaal met Tara? Ik wil een goede moeder voor haar zijn. Ze is groot voor ik het weet en dan heb ik spijt van alle uren die ik niet met haar heb doorgebracht. Maar als ik die baan niet neem, krijg ik ook spijt. Wat een rot*timing*. Waarom komt dit uitgerekend nú op mijn pad? Had ik vijf jaar geleden maar kinderen gekregen. Nu komt alles tegelijk: kind en carrière.

Als ik aan het eind van de dag door de gang met covers loop, valt mijn oog op *Ouders van Nu* uit 1995. *Kind of carrière: moeilijke keuze?* staat er op. God, 1995. Toen was ik keihard voor die carrière gegaan. Nu moet ik bedenken hoe ik het allemaal ga doen. Dat ik die baan neem, staat eigenlijk vast. Alleen moet ik op een rijtje zien te krijgen hoe ik:

- Genoeg tijd overhoud voor Tara
- Het nieuws aan Robbert vertel
- Mijn schuldgevoel onder controle krijg

Als ik die avond met Tara op bed lig (zij volle buik, slaperig, zacht, baby-lief; ik moe, warm, borst uit bh bungelend) probeer ik de juiste formulering te vinden om het onderwerp bij Robbert aan te snijden. 'Vandaag kreeg ik de kans van mijn leven.' Nee, dat is te sterk. Dat carrièregedoe vindt hij niets, het irriteert hem mateloos en als ik het dan over de kans van mijn leven ga hebben, trekt hij het zeker niet. 'Jeannette riep me vandaag bij zich.' Dat is misschien een goede opening. Neutraal. Toch prikkelend.

Over Robbert gesproken, waar blijft die man? Hij heeft toch niet weer een afspraak met Chantal, mag ik hopen? Ik kan me niet herinneren dat hij iets gezegd heeft over later thuiskomen. Hij doet wel steeds raarder. Vorige week nog zei hij dat hij weer een motor wil kopen. Een motor, hallo! Jaren heb ik hem er niet over gehoord en nu we net een kind hebben wil meneer een motor aanschaffen! Ik heb gezegd dat hij het zelf moet weten, maar dat ik het nou niet bepaald een gezellige hobby vind en bovendien gevaarlijk. Zeurpiet, zag ik hem denken. En ik moet toegeven dat het inderdaad wat belerend en zeurmoederig klonk. Ook al heb ik gelijk, ik had het wat anders kunnen verpakken. Stel dat hij in een vervroegde midlifecrisis zit? Maar het is ook mogelijk dat hij indruk wil maken op die Chantal. De stoere vrijbuiter uithangen door op een motor aan te komen. Terwijl ik Tara over mijn schouder leg zodat ze haar verplichte boertje kan laten, probeer ik een manier te bedenken om erachter te komen of Robbert vreemdgaat. Misschien moet ik het geheugen van zijn mobiel binnenkort stiekem checken. De tien laatst gebelde nummers bekijken. Of de berichten op zijn telefoon lezen. Als hij slim is, wist hij ze, dus als er geen berichten in staan, is dat dan het bewijs? Ik moet in ieder geval beter letten op vreemdgaan-aanwijzingen, neem ik me voor. Plus Robbert binnenkort uithoren over Chantal en vragen waarom hij plotseling weer een motor wil. Maar niet dit weekend, nu moet ik eerst de kwestie werk/promotie bespreken.

Als Tara een dik uur later op bed ligt en wij een bord nasi voor ons hebben staan, breng ik het gesprek met Jeannette voorzichtig ter sprake. Weinig verrassend: Robbert vliegt me inderdaad niet om de hals om me uitbundig te feliciteren met deze fantastische promotie.

'Ik snap heel goed dat het een mooie kans voor je is. Maar je bent het hopelijk met me eens dat de timing slecht is. Als je zo goed bent, komen er heus nog meer kansen, en dan op betere momenten.'

Aiai, dit gesprek loopt helemaal fout. Robbert ziet het helemaal niet zitten dat ik chef word.

'Ik heb met Jeannette afgesproken dat ik er maandag op terugkom. Denk er ook rustig over na dit weekend. Maar je moet wel begrijpen dat ik het graag wil.'

'Natuurlijk wil je het graag, meisje. Maar je denkt niet goed na over de consequenties. Je laat je verblinden door carrièredrang. Geniet nou eens van het leven en van Tara. Je hebt nog niet eens je normale dosis energie terug en dan wil je nu al een baan aannemen die dubbel zoveel van je vergt? Ik vind het echt geen goed idee. Vier jaar geleden ben je ook overspannen geweest. Weet Jeannette dat eigenlijk? Dan had ze je vast niet gevraagd twee banen tegelijk te doen. Denk nog maar eens terug aan die tijd. Is dat wat je wil? Weer elke avond huilend op de bank zitten? En ík zit uiteindelijk met een overspannen vriendin thuis.'

Ik word ziek van dat prekerige toontje ('verblind door carrièredrang', gadverdamme!), maar kan niet ontkennen dat hij op een paar punten gelijk heeft. Toch ga ik door.

'Ik ben je vrouw, niet je vriendin, weet je nog? En ik weet ook wel dat het allemaal zwaar wordt. Maar ik kan deze kans toch niet laten schieten? Ik zorg er echt heus voor dat ik niet opnieuw overspannen word. Ik ben veranderd, ik pak de dingen nu anders aan. Bovendien krijg ik er ook energie voor terug, van werk dat ik met plezier doe. Laten we er anders morgen verder over praten, goed? Nu ben je geïrriteerd.' Ik probeer het gesprek te beëindigen. Dit wordt helemaal niets zo en ik heb geen bal zin om me te gaan verdedigen.

'Ik begrijp absoluut dat het een eer voor je is en dat je het graag wilt, maar probeer je ook te bedenken hoe het voor mij is als jij een zwaardere baan neemt?'

'Ik zal er goed over nadenken. We hebben het er morgen of zondag over.'

Leiden 1999. Ik snap het. Ik ben veranderd. Eindelijk beginnen de wolken rond mijn hoofd op te trekken. Het ging pas echt beter met me op het moment dat ik ging loslaten. Ik streefde altijd naar meer, naar beter, naar anders. Maar nu zie ik dat dat controlefreakerige me niet ver brengt. RET is mijn redding.

Irrationele gedachte: mijn nieuwe ik gaat alles goed doen (= perfectionistische eis).

Vervangen door: elk mens maakt fouten, dat is heel normaal. Ik mag ook best fouten maken, ik hoef niet perfect te zijn.

Het is raar hoe het werkt in mijn hoofd. Komende maanden blijf ik naar de psych gaan, om te voorkomen dat ik weer in dezelfde valkuilen trap. Ik moet wennen aan mijn nieuwe ik. Maar het voelt beter. Letterlijk lichter. Nu moet ik zorgen dat ik niet terugval in mijn oude patronen, mijn oude denkwijze. En bedenken wat ik verder wil doen met mijn leven. Ik wil niet terug naar Rood. Ik kickte alleen maar op de carrière die ik er maakte. Op de successen die ik er boekte. Op de targets die ik haalde. Maar het werk zelf vond ik niet eens meer leuk en dat Amerikaanse ophitscultuurtje vind ik eigenlijk vreselijk. Ik ga een andere baan zoeken. Mijn nieuwe ik is niet meer carrière-belust. Mijn nieuwe ik kijkt naar wat ze echt wil. Mijn nieuwe ik pakt alles beter aan.

O nee, dat is een perfectionistische gedachte. Nou ja, ik heb het nog niet helemaal onder de knie.

Zondagavond elf uur. We zijn eruit. Nou ja, we. Ik was er al uit natuurlijk. En ik heb mijn zin doorgedrukt. Ik heb Robbert ervan overtuigd dat ik het aankan. Dat ik niet nogmaals overspannen word. Bovendien is het maar een halfjaar heel zwaar. Daarna kan ik echt chef worden en kan iemand anders mijn baan krijgen. Vooropgesteld dat Myrna vertrekt, wat ik natuurlijk hoop. Want dit is mijn grote kans. Ik heb Robbert beloofd aan Jeannette voor te stellen dat ik minder naar beautypresentaties ga en minder artikelen schrijf. Ook heb ik gezegd dat ik het als proeftijd zie. Dat als ik het heel zwaar vind, ik niet over een halfjaar de baan van Myrna overneem, maar terug ga naar mijn oude functie. Daar moet ik niet aan denken. Het zál me lukken. Robbert heeft liever dat ik het hele chef-gedoe laat varen. Ik snap zijn bezwaren absoluut. Hij zal meer voor Tara moeten zorgen. Maar hij kan toch niet verwachten dat ik zo'n kans laat schieten?

Poeh, ik ben moe. Eigenlijk had ik me voorgenomen dit weekend met Robbert te vrijen. Of in ieder geval een poging ertoe te doen. Maar ik heb helemaal geen zin. Als ik de adviezen in de bladen en op internet mag geloven, moet ik zin máken. *Zie seks niet als iets dat je energie kost, maar als iets dat je energie geeft.* Jaja. *Het lukt je ook om energie te maken voor andere zaken* (welke, vraag ik me af, ik heb helemaal geen energie, het lukt me net mijn werk vol te houden), *dus waarom zou je niet ook energie maken voor seks?* Ik had me zo voorgenomen dat te gaan doen. Maar het is tot nu toe niet gelukt. Zou Robbert zin hebben? Volgens mij slaapt hij al bijna. Ik trek mijn dekbed onder mijn voeten en draai me om. Volgend weekend misschien. Nu heb ik slaap nodig. Morgen kan ik het nieuws aan Jeannette vertellen.

Elizabeth Dekker
Chef reportage Women's world

Ik zie mijn nieuwe visitekaartjes al voor me. Zal ik aan mijn bureau blijven zitten of het bureau van Myrna nemen? Dat zit wel aan de raamkant natuurlijk.

Blèèèr! Ik schrik wakker. Hè verdomme. Ik slaap net. Hoe laat is het? Ik zie de getallen 01.23 meedogenloos van mijn digitale wekker afspatten. Uit de kamer van Tara komt wanhopig gehuil. Halfslapend loop ik ernaartoe. 'Stil maar, wat is er aan de hand. Huil maar niet. Mama is bij je,' mompel ik slaapdronken terwijl ik het kleine lijfje uit bed til. Waarom wordt Robbert nooit eens wakker? Ik heb een superdrukke dag voor de boeg en kan het me niet veroorloven om een halfuur met een huilende Tara heen en weer te lopen. Wat zou ze hebben? Darmkrampjes? Of krijgt ze tandjes? Zal ik haar melk geven? Verwen ik haar te veel? Kan één keertje kwaad?

'Robbert, word eens wakker. Tara huilt.' Ik heb Tara inmiddels meegenomen naar ons bed en geef Robbert een stoot met mijn elleboog.

'Wat is er?' mompelt hij chagrijnig.

'Tara huilt. Ik weet niet wat ze heeft. Jij bent aan de beurt, ik heb haar gisternacht ook al in slaap gewiegd. Misschien moet je haar verschonen, wellicht is dat het.' Diepe zucht van Robbert.

'Oké, even wakker worden.'

'Nee, nú dus. Ik ben doodop en heb morgen een zware dag.'

'Die heb je straks altijd. Betekent dat dat ik voortaan altijd de klos ben?'

'Hè, doe nou niet zo flauw. Ik blijf heus 's nachts opstaan als ik chef ben. Maar kun jij nu Tara niet troosten?'

'Laat haar maar even huilen, daar gaat ze niet dood van.'

'Je weet dat ik dat niet fijn vind. Hier, neem haar nou.' Ik geef Tara aan Robbert en trek de dekens over mijn hoofd.

Robbert stapt zuchtend uit bed en loopt met Tara naar haar kamer. Zo te horen is Tara niet tevreden met een schone luier.

Ik trek het dekbed nog strakker om mijn hoofd maar hoor Tara ontroostbaar doorhuilen. Even later voel ik Robbert weer in bed kruipen. Íets klopt hier niet. Ik schiet rechtop.

'Waar is Tara?'

'In haar bed.'

'Maar ze huilt nog.'

'Je meent het. Dat zal zo wel stoppen.'

'Lekker gemakkelijk ben jij. Kun je haar niet wiegen of met haar rondlopen om haar te troosten?'

'Je moet zo'n kind niet nu al verwennen. Ze mankeert niets, ze moet leren verder te slapen als ze wakker wordt.' Pedagoog Robbert. Hij doet stiekem de hele dag niks anders dan haar verwennen als je 'm de kans geeft, maar als het wat minder goed uitkomt, moet dat ineens niet meer.

'Je kunt haar nu nog niet verwennen. Ga er nou naartoe en troost haar. Zo doen we allemaal geen oog dicht.'

Mopperend staat Robbert op. Ik val in slaap.

'Dan blijven er nog twee onderwerpen over. Het artikel over allochtone vrouwen en het verhaal over dertigers – en dan met name de stellen met jonge kinderen – en hun seksleven. Liz, zie jij iets in het laatste onderwerp? Het zal voorlopig je laatste artikel worden, want met Myrna's taken erbij heb je nauwelijks tijd meer om zelf te schrijven.' Jeannette heeft zojuist de redactievergadering geopend met het goede nieuws dat ik de taken van Myrna op me neem. Iedereen was blij voor me en feliciteerde me. Ik zit nog een beetje na te glunderen. Nu is het echt.

'Natuurlijk, dat wil ik wel doen. Interessant onderwerp.' Op de brainstorm van twee weken geleden heeft Myrna het onderwerp aangedragen. Iedereen zag er wat in. 'Het moet nu maar eens afgelopen zijn met het geliëg over hoe vaak we het doen,' zei ze strijdlustig. 'Ik ken echt niemand met jonge kinderen die het een paar keer per week doet. We moeten stoppen met de schijn ophouden en vertellen hoe het echt zit.'

Jeannette is blij dat ik het onderwerp voor mijn rekening neem. Scheelt weer de kosten van een freelancer. 'Dan wil ik wel ook de kant van de man erin,' zegt ze. 'Hoe hij tegen dat seksleven aankijkt. Nu we eindelijk een man op de redactie hebben, moeten we daarvan profiteren. Jeroen, denk jij dat je dat onder woorden kunt brengen? Hebben mannen last van een seksuele burnout als ze kinderen krijgen, nu ze steeds meer zorgtaken op zich nemen? Of gaan die mannen gewoon *en masse* vreemd?'

'Ja hoor, ik ben de pineut en moet de mannelijke kant van de zaak beschrijven. Niet makkelijk, op zo'n vrouwenredactie werken. Maar laten we volgende week een keertje lunchen,' zegt Jeroen grijnzend terwijl hij zich naar me toe draait. 'Dan zal ik je vertellen waar het volgens mij aan ligt dat er zoveel relaties stuklopen op het moment dat er kinderen komen.' Vette knipoog. Mmm, geen straf, met Jeroen lunchen. En wellicht wordt Robbert een beetje jaloers als hij het hoort.

MAAND 7 NA BEVALLING
Schuldgevoel over: mogelijke transformatie van
hippe meid in zeurende bitch.
Irrationele gedachte: alle mannen gaan vreemd.
Vervangen door: sommige mannen gaan vreemd.

Er is een crème ontwikkeld die je huid lift en aanspant, kleine rimpels opvult, mimische rimpels laat verdwijnen door spiersamentrekkingen tegen te gaan en ook nog je teint fris en stralend maakt. De dermatoloog die uit Amerika is overgekomen om dit achtste wereldwonder toe te lichten, is druk in de weer met zijn powerpointpresentatie. Terwijl ik de vetkussentjes op mijn benen omhoog voel poppen door de zeer smakelijke petitfours in het Amstel Hotel, verschijnt de ene na de andere scheikundige term op het scherm. Glycanen, enzymen, retinol, fosfolipiden, fybroblasten. 'Uit testen is gebleken dat na dertig dagen tweemaal daags de crème aanbrengen, de hoeveelheid rimpels met 73% is afgenomen.' Klinkt veelbelovend. Maar ik heb het eerder gehoord.

Niemand neemt van de petitfours. Daar baal ik van, want dan valt het zo op dat ik er wel van zit te snoepen. Maar ik heb dit allemaal moeten missen tijdens mijn verlof en mag dus nog wat inhalen. Misschien kan ik die crème ook wel op m'n benen smeren, bedenk ik als ik een mini aardbeiengebakje in mijn mond stop. Wie weet heeft het een spectaculair effect op cellulite en ben ik de eerste die dat ontdekt! (Of is het een irrationele gedachte die ik moet vervangen door: 'Ga vaker naar de sportschool!'?) En jawel, daar komt de dwarsdoorsnede van de huid weer aan. Ik heb geen zin in het zoveelste lesje over de verschillende lagen in de huid en kras op mijn notitieblok: ik ga komend halfjaar parttime de chef-redactie vervangen! en schuif het naar het meisje van *Flair* naast me. We zitten allebei even lang in het vak en rijden regelmatig samen naar dit soort bijeenkomsten toe.

'Wat goed. Gefeliciteerd!' schrijft ze terug.

Ik lach naar haar en ze krabbelt erbij: 'Stop je dan met je andere taken?'

'Nee,' fluister ik in haar oor. 'Voorlopig ga ik het combineren. Alleen wat minder artikelen zelf schrijven. Je bent dus nog niet van me af.'

'Wow! Zal wel druk zijn. Ga je dat redden dan?' fluistert ze terug. Hè, verdomme, waarom begint iedereen meteen over 'zal wel zwaar worden'? Zou ik het hebben onderschat?

'Je moet me tippen als je weggaat, misschien wil ik jouw baan wel,' gaat ze door.

Ja, knik ik, terwijl ik met een schuin oog naar de dermatoloog kijk. Hij begint licht geïrriteerde blikken op ons te werpen. Laat ik mijn mond maar houden. Maar ik ben zo blij met deze kans, ik wil het het liefst van de daken schreeuwen! Oké, het wordt druk komende maanden. Heel Erg Druk. Maar ik kan het aan. Ik ga bewijzen dat kind en carrière prima samengaan!

Terug op de redactie kijk ik snel mijn post en mail door. Er is een uitnodiging van een reclamebureau om in een panel te brainstormen over de toekomst van de cosmetica. Datum: morgen. Tijd: van acht tot tien 's avonds. Vergoeding: een fles wijn. Absoluut niet dus. Hoe durven ze het voor te stellen? Daarna loop ik naar Myrna toe, want we hebben afgesproken vanmiddag een verdeling te maken van haar en mijn werk. Volgende week gaat het echt beginnen: dan word ik parttime chef.

'Als jij de agenda en de onderwerpen psyche, relaties, cultuur, buitenland en de columns voor je rekening neemt en aan freelancers brieft, dan houd ik maatschappij, gezondheid, wonen, werken en lifestyle onder me. Ik wil je wel zoveel mogelijk betrekken bij alle onderwerpen, zodat je altijd op de hoogte bent van het hele nummer als ik een paar dagen in het buitenland ben. Vind je het een goede verdeling?' Myrna geeft me een lijst met artikelen en hun status. Wat zit nog in de ideeënfase, wat is al uitgezet, wat moet geredigeerd, wie is bij welke onderwerpen betrokken. Als we de lijst hebben doorgenomen, heb ik rode vlekken in mijn nek van de opwinding. Dit heb ik gemist. Met de grote lijnen bezig zijn, contacten met freelancers onderhouden, stukken beoordelen, nieuwe rubrieken bedenken. Ik heb er zin in. Ik stel voor dat ik ermee aan de slag ga en dat we elke maandag samen overleggen. Mijn hoofd tolt als ik terugloop naar mijn bureau. Eerst een lijstje maken. Mijn redding in drukke tijden. Wat is het leven zonder lijstjes? Als ik alle werkzaamheden voor de komende maand heb opgeschreven en ingedeeld in week en mate van prioriteit, voel ik me rustiger. Controle!

The Eighties, tien uur. Ik hoor mezelf trots tegen Eelke verkondigen dat Tara al kan kruipen. Wie had gedacht dat ik ook zo zou worden? Voordat Tara er was, werd ik gek van vrienden die maar bleven opsommen wat hun kind allemaal kan. Pas als je zelf een kind hebt, zie je de lol ervan in. Dan begrijp je dat de hele gein van het eerste jaar is dat zo'n kind telkens iets meer gaat doen, zodat je uit de wurggreep van het babyleven komt. Een baby transformeert van een onbegrijpelijk krijsend ding in een kind waarmee je een gesprek kunt voeren en dat – in het beste geval – naar je luistert. Nu snap ik dat, als een moeder trots roept dat haar kind zelf kan eten, ze eigenlijk staat te juichen omdat ze minder vaak de fles hoeft te geven en er extra vrije tijd gloort aan de horizon. Dat als een kind kan zitten, ze zo vrolijk is omdat ze voortaan met kind op de fiets kan, zodat opnieuw een stukje vrijheid is teruggewonnen. Nu ik de achterliggende gedachte begrijp, kan ik voortaan enthousiast reageren. Ha, ik hoor nu bij de moeders.

Eelke weet precies hoe het werkt, en roept dus enthousiast: 'Jeetje, wat goed zeg!' als ik haar vertel over de vorderingen van Tara. Dat van dat kruipen is trouwens overdreven. Ze kan alleen nog maar achteruit.

'En hoe is het met Robbert, trekken jullie het nog met z'n tweeën?' vraagt ze, terwijl ze van haar glas Tia Maria nipt. We hebben besloten mijn carrièresprong te vieren met likeur en een gepast groot stuk taart. Die sportschool staat er morgen ook nog wel.

'Als ik eerlijk ben, is het nog steeds moeizaam. We hebben het allebei zo stervensdruk. En Tara vraagt veel energie. Tegen de tijd dat zij in bed ligt, zijn wij te moe om er nog een leuke avond van te maken samen. We hangen wat voor de tv en ik duik nog steeds vroeg het bed in. Niet top dus. Bovendien werkt Robbert de laatste tijd wel érg vaak door en heeft hij regelmatig 's avonds besprekingen met een nieuwe vrouwelijke klant. Soms denk ik serieus dat hij vreemdgaat.'

'Volgens mij komt het vaker voor dat mannen hun werk rekken als er een baby is,' zegt Eelke op een geruststellende toon. 'Dan kunnen ze het avondritueel overslaan. Potje erin, in bad, voorlezen, in slaap wiegen, ze hebben er vaak geen zin in. Veel mannen drukken graag hun snor tijdens het spitsuur thuis.'

'Ja, misschien is dat het. Zou wel erg asociaal zijn als Robbert daarom overwerkt. Maar eerlijk is eerlijk, ik werk veel in de weekenden en dan zorgt hij meer voor Tara. Toch doet hij een beetje raar. Zo zei hij laatst dat hij weer een motor wil kopen. De vorige hebben we vijf jaar geleden verkocht en hij heeft er jaren niet naar getaald! Zou hij een soort van midlifecrisis hebben, denk je?'

'Ach, laat hem lekker. Ik vind het niet direct een reden om

je zorgen te maken en er een midlifecrisis achter te zoeken.'

'Maar waarom uitgerekend nu? Net nu Tara is geboren en we toch al zo weinig tijd voor elkaar hebben?'

'Zijn er verder aanwijzingen dat hij vreemdgaat dan? Denk je serieus dat hij dat doet?' vraagt Eelke, terwijl ik net een grote hap chocoladetaart in mijn mond prop.

'Ach, ik weet het niet,' mompel ik en laat de chocola in mijn mond smelten. 'Hij doet soms zo vaag. Concrete aanwijzingen heb ik niet, maar hij lijkt zo onbereikbaar. Het grootste probleem is natuurlijk de seks. Ik heb het idee dat hij me helemaal niet meer aantrekkelijk vindt, we hebben het nu echt al maanden niet meer gedaan. Ik kan me niet voorstellen dat hij het dan niet ergens anders zoekt. Maar ik heb laatst nog stiekem in zijn agenda geneusd en z'n mobiel gecheckt en niets verdachts gevonden. Ik voelde me daar overigens onwijs schuldig over, maar ik heb besloten dat het in het belang is van onze relatie én van Tara. Dan is het toch wel toegestaan af en toe te controleren of ik geen verdachte nummers of aantekeningen tegenkom?' Nu ik het mezelf zo hoor zeggen, vind ik het behoorlijk beroerd van mezelf en neem me voor het niet meer te doen. Eelke is – ha, fijn! – een andere mening toegedaan.

'Natuurlijk mag je door zijn spullen gaan als je hem ergens van verdenkt. Dat is absoluut gerechtvaardigd,' zegt ze. 'Ik wou dat ik dat had gedaan. Dan had ik die trut van een Minke wellicht nog kunnen wegwerken.'

'Laatst zat ik te denken dat ik misschien zelf maar eens vreemd moet gaan,' zeg ik aarzelend. 'Ik voel me zo'n móeder sinds ik Tara heb. Zorgzaam en lief en allesbehalve sexy en wild. Of misschien moet ik gewoon een avond flink flirten. Zullen we binnenkort een keer gaan stappen?'

'Dat wordt moeilijk,' zucht Eelke. 'Met die kleintjes die 's morgens zo vroeg wakker worden, trek ik het niet om laat naar bed te gaan. Jij kunt uitslapen als Robbert voor Tara zorgt, maar ik sta er alleen voor.'

Ik kijk nog eens goed naar Eelke. Ze ziet er inderdaad doodmoe uit. Ik moet nu echt maar eens goed tot mijn hersens laten doordringen dat de tijd van stappen voorbij is. En als ik eerlijk ben: hoeveel puf heb ik zelf?

'Da's waar. Ik ga trouwens binnenkort met die nieuwe collega lunchen in verband met een artikel dat ik aan het schrijven ben. Misschien moet ik wat meer met hem flirten om mijn "vrouwgevoel" op te krikken.' Ik neem nog een hap van mijn taart en vraag me af of ik de helft nu wel of niet zal laten staan. Het is zo zonde.

'Je bedoelt die Jeroen? Ik ben inmiddels reuze benieuwd naar die man. Is hij echt zo knap? Trouwens, doe maar niet zo stoer over dat vreemdgaan. Dat doe je toch niet. Je bent veel te gek op Robbert.' Lachend stoot ze me aan.

Ik haal mijn schouders op. 'Maar ik wil weer aantrekkelijk worden gevonden,' zeg ik met een pruillipje.

'Wil je weer iets lenen?' We schieten allebei in de lach en halen herinneringen op aan vroeger, toen we altijd sexy lingerie van elkaar leenden. Met name Eelke had een enorme stapel: doorzichtige nachthemdjes, mini-jurkjes en zelfs een rubberen catsuit. We stonden de hele avond voor de spiegel te tutten als we uitgingen. Als *Purple Rain* van Prince wordt opgezet, veren we overeind en kijken elkaar veelbetekenend aan. Dit is het liedje waarop Eelke het voor het eerst heeft gedaan. Ik was stikjaloers natuurlijk, want ik wilde het ook zo graag een keer doen.

Vanavond trek ik beslist wat anders aan in bed dan mijn slobbershirt, neem ik me voor als we een uurtje later The Eighties uitlopen.

Daar lig ik dan. In mijn satijnen slipdress in bed. Elf uur en Robbert zit beneden voor de buis. 'Kom je ook zo?' heb ik gehint.

'Ja, nog even sportjournaal kijken,' was het onromantische antwoord. Ik ben vast naar boven gegaan en heb mijn bikinilijn en oksels onthaard. Robbert vroeg laatst waarom ik dat nooit meer deed. Gruwelijk, zo'n vraag van je eigen echtgenoot. En alsof ik daar tijd voor heb! Maar ik geef toe dat een strak streepje daar beneden er beter uitziet. Professionele hulp, dat is wat ik nodig heb. Laat ik morgen een afspraak maken met een schoonheidsspecialist om:

- Mijn benen en oksels te laten harsen (aaaauuu!)
- Te informeren naar een *Brazilian* (kan dat onder plaatselijke verdoving?)
- Al mijn mee-eters te laten uitknijpen

Op het moment voel ik me in ieder geval redelijk sexy, mede dankzij de nieuwe bodycrème van Dior waarmee ik me net van top tot teen heb ingesmeerd. Maar nu lig ik hier verleidelijk te liggen, terwijl Robbert geen aanstalten maakt om naar boven te komen. Laat ik vast wat dommelen. Niet echt slapen, maar over de dag nadenken. Tara moest vanavond heel hard lachen toen ik haar kusjes gaf op haar buik. Door de kusjes verschenen er allemaal rode vlekjes op dat roomwitte huidje. Zou dat wel goed zijn, die rode vlekjes? Nu ik erover nadenk, er zaten er al een paar. Op haar rug heb ik niet gekeken. Ze zal toch niet ziek worden? Ik schiet mijn badjas aan en hol de trap af. Robbert zit achter de computer.

'Ik dacht dat je naar het sportjournaal zou kijken en dan naar boven zou komen?' zeg ik verbolgen.

Robbert schrikt van mijn stem en klikt snel het scherm weg. Was dat pórno wat ik zag?! Het ging zo snel dat ik het niet goed kon zien. In ieder geval maakt het korte metten met mijn sexy gevoel van zo-even. Robbert kijkt echter doodnormaal als hij zegt: 'Ik ben nog niet moe, dus ik ben nog wat aan het surfen. Ik dacht dat je al sliep.'

'Ik slaap nog niet. Ik dacht dat je ook op tijd boven zou komen,' zeg ik verwijtend.

'Sorry, ik wist niet dat je op me wachtte. Ik kom zo, even mijn biertje opdrinken.'

'Laat maar, ik ga nu toch slapen. Het is al bijna twaalf uur.'

'Heb ik iets verkeerd gedaan of zo?'

'Nee hoor, laat maar. Ik ben moe.'

Zou hij nou echt pórnosites bekijken? Dat kan natuurlijk best. Wat vind ik daar eigenlijk van? Moet ik dat als moderne vrouw normaal vinden? God, wat zijn mannen toch erg. Maar het moet kunnen, veronderstel ik. Geloof ik. Hoe dan ook, ik heb in ieder geval geen zin meer in seks. Opwarmen bij een of andere vunzige site en dan met mij vrijen? Ik dacht het niet.

'Even nog een vraag,' zeg ik voordat ik de deur uit loop. 'Heb jij iets aan Tara gemerkt vanavond? Dat ze zich niet lekker voelde?'

'Nee, hoezo?'

'Ik dacht dat ik vlekjes had gezien op haar buik. Is jou iets opgevallen toen je haar in bad deed?'

'Nee, niets bijzonders, maar ik heb er ook niet op gelet.'

Goh, waarom verbaast dat me nou niet? 'Oké.'

Ik loop naar boven en doe zachtjes de deur van Tara's kamer open. Daar ligt ze in haar slaapzakje, armpjes omhoog. Niets zo aandoenlijk als mijn slapende meisje. Voorzichtig doe ik het licht aan, rits haar slaapzak open en frummel het rompertje los. Geen vlek te zien op haar buik. Op haar borst en benen ook niet. Liz, je bent een neuroot. Tara glimlacht als ik haar slaapzakje dichtrits. Ik buig me over haar heen en geef een kusje op haar neus voordat ik naar onze slaapkamer loop. Vervolgens trek ik mijn satijnen slipdress uit en het oversized T-shirt aan. Weer geen seks. Morgen.

Amsterdam 1993. Ik ben zó verliefd. In Thailand leek Robbert vooral een sexy vrijbuiter, maar ik heb ontdekt dat hij ook erg gevoelig is. Onze relatie, voorzover je daarvan kunt spreken, verloopt nog wat onzeker, maar één ding gaat in ieder geval waanzinnig goed: de seks. Mijn god, wat is hij lekker. Hij is inmiddels drie keer blijven slapen en alle drie keren hebben we de hele nacht liggen vrijen. Elke vrijpartij overtreft de andere, ook Thailand hebben we al overtroffen. Ik heb hem nog niet durven vragen waar hij zijn kennis van het vrouwenlichaam heeft opgedaan (ik krijg al maagkrampen bij het idee dat hij ooit met een ander meisje heeft gezóend) maar hij weet precies hoe hij me compleet gek moet krijgen.

Nog een halfuur en dan staat Robbert op de stoep. Wat trek ik aan? De kwestie is ingewikkeld, want als ik dat sexy lingeriesetje aantrek met veel kant, kan ik mijn strakke shirt niet aan. Maar ik wil per se die set aan, omdat ik zeker weet dat Robbert daar op geilt. Ik doe toch mijn kanten bh en string aan en begin mijn ogen op te maken. Shit. Al kwart voor acht, zie ik, als ik met een schuin oog op de wekker kijk. Zou ik ook nog mijn teennagels kunnen lakken? Stel dat we aan de tenenknabbelseksfase toe komen?

Net als ik een laagje knalrode lak (ja, in de kleur van mijn bh, ik let op de details) over het oude roze laagje heb gesmeerd, gaat de deurbel. Help, ik heb nog geen kleren aan! Hoewel, misschien is dat niet eens zo erg. Ik loop in mijn lingerie naar de deur en doe open.

'Wat lekker dat je zo vroeg bent,' zeg ik met mijn meest zwoele stem, terwijl Robbert me verbaasd aankijkt. Ik pak zijn hand en trek hem mee naar de bank. 'Ga maar liggen meneer, tijd voor uw aperitief.'

Een week later is het zover. De lunch met Jeroen. Robbert en Tara zijn al de deur uit. Ik kan dus rustig een geschikte outfit voor deze dag uitzoeken. Terwijl ik in mijn nachthemd tussen de stapel zwarte shirts in mijn kast woel, voel ik een vreemd soort spanning. De afgelopen twee weken hebben Jeroen en ik aan de lopende band geintjes gemaakt over onze afspraak. Dat we een seksdate hebben, oftewel een afspraak om over seks te praten. We hebben afgesproken om in de stad te gaan lunchen. Die steriele kantine op kantoor is niet bepaald een bruisende omgeving voor dit soort gesprekken, nog afgezien van de voortdurende onderbrekingen door langslopende collega's. 'Dus jij denkt dat pijpen een goed lapmiddel is voor… O hé, daag, Yvonne!' We moeten wel een beetje de diepte in voor dit artikel, anders wordt het tien keer niks en blaten we de andere bladen na.

Wat moet ik nou aan, ik wil er graag aantrekkelijk uitzien vandaag! *My god*, wat ben ik toch erg. Jonge moeder gaat met collega lunchen en wil er sexy uitzien. Pathetisch!

Na drie rokjes aan- en weer uitgetrokken te hebben, zakt de moed me in de schoenen. Ik heb gisteren de nieuwe *In Style* doorgenomen en moet concluderen dat mijn complete garderobe passé is. Zo'n jaartje zwanger is funest! Ik heb vorig jaar niets gekocht (alleen broeken met ingebouwde buik bij Prenatal; onlangs zag ik bij de zwangere modestyliste dat het heel wat hipper is juist een broek met een lage taille te kopen die dan ónder je buik valt) en nu zit ik met een twee jaar oude collectie. Dit kan écht niet. Broekspijpen moeten smaller, rokken korter, mijn laarzen hebben een foute hak en als ik het goed bekijk heb ik maar drie truitjes die er nog mee door kunnen. Ik moet winkelen. En flink!

Maar wat moet ik in 's hemelsnaam kopen? Dit nieuwe lijf vraagt om een nieuw beleid. Moet ik professionele hulp inroepen? Zal ik het *In Style*-boek aanschaffen? Ik trek het tijdschrift van mijn nachtkastje en zoek naar de advertentie. Ah, gevonden. *Secrets of style: the complete guide to dressing your best every day*. Dat klinkt bruikbaar. Vooral de hoofdstukken *Flattering your body type* en *Finding the right fit*. Maar het is natuurlijk absoluut foute boel om als *Women's world*-redacteur je tips uit de Amerikaanse *In Style* te halen. De chef-mode om advies vragen? Nee, mijn eer te na. Dat mens heeft zelf drie kinderen en nog steeds maat 36! Laat ik het probleem maar voor me uit schuiven. Ik heb toch geen tijd om te winkelen.

Wat voor weer is het eigenlijk? Ik gluur achter het gordijn en zie dat de zon nergens is te bekennen. Verdomme, het lijkt weer een bewolkte dag te worden. Robbert reageerde overigens helemaal niet jaloers toen ik hem meldde dat ik met mijn mannelijke collega ging lunchen. Is dat een goed of slecht teken? Hij lijkt steeds meer zijn eigen gang te gaan en die motor heb ik hem vooralsnog ook niet uit zijn hoofd kunnen praten. Aankomend weekend gaat hij er twee bekijken in Friesland. In Friesland, nou vraag ik je! Zou het een dekmantel zijn voor een dagje uit met Chantal? Sinds hij die opdracht heeft gekregen, heb ik het idee dat hij zeer geregeld besprekingen met haar heeft. Maar ik heb nog steeds geen lipstickafdrukken of parfumgeuren in zijn kleren ontdekt. Hoe kom ik er nou achter of hij vreemdgaat? Ik hinkel met één been in mijn broek naar de badkamer om mijn tanden te poetsen. In films schakelen ze gewoon een privé-detective in. Zal ik het hem recht op de man af vragen? Robbert, ga je vreemd? Subtiele benadering. Dan ontkent hij natuurlijk. Ik heb verdomme ook helemaal geen tijd voor dit gedoe. Ik heb het veel te druk met mijn werk en met Tara.

Als ik een klein uur later (Was het een klein uur? Voor mijn gevoel heb ik er een halve dagtaak aan gehad om iets fatsoenlijks uit de kast op te diepen) op de redactie kom in mijn afkledende zwarte heupbroek en satijnen Mango-blouse, valt me op dat Jeroen er vandaag érg goed uitziet. Hij lijkt een nieuwe donkerblauwe Diesel-spijkerbroek aan te hebben met daarop een strak zwart t-shirt. Zou hij veel tijd in de sportschool doorbrengen? Het ziet er gespierd uit daaronder. Zijn haar zit verbluffend goed. Ik verdenk hem er stiekem van dat hij ook extra zijn best heeft gedaan voor onze lunchdate. Ach nee, natuurlijk niet. Wat haal ik me in mijn hoofd!

Om twaalf uur stel ik voor naar The Eighties te gaan. Jeroen vindt het een prima plan. Op weg naar de metro keuvelen we wat over kinderen. Het is zo schattig om te horen hoe hij over zijn dochtertje Eline vertelt. En ik kan zonder schuldgevoel opscheppen over Tara. Hij als vader begrijpt die verhalen over kruipen en de eerste woordjes wel. Maar ho, ik wil het helemaal niet over kinderen hebben, ik wil me geen moeder voelen als ik bij Jeroen ben.

Eenmaal in The Eighties zitten we in een mum van tijd in een verhitte discussie. Volgens Jeroen is het seksleven van veel dertigers met kinderen zo slecht dat de meeste mannen vreemdgaan. En hij vindt dat ze daar geen ongelijk in hebben. Ik roep dat ik het maar gefrusteerd gedrag vind van die vaders.

'Ik geloof niet dat je dit wilt horen, maar ik denk dat de mánnen helemaal niet zo gefrustreerd zijn. Als ik om me heen kijk, zie ik vooral gefrustreerde vrouwen! Jemig, wat kunnen jullie moeilijk doen,' zegt Jeroen, die inmiddels flink op dreef is.

Ik verslik me bijna in mijn koffie van verontwaardiging. 'Daar hebben we dan ook alle reden voor. Het combineren van carrière en kinderen is waanzinnig zwaar en mannen maken zich er veel te eenvoudig vanaf. In plaats van hun handen uit de mouwen te steken, klagen ze dat hun vrouw is veranderd en dat ze er niet meer zo lekker strak uitziet als voor de zwangerschap.'

'Volgens mij heeft die frustratie nauwelijks te maken met de dagelijkse dingen die mannen wel of niet doen. Vrouwen balen dat het ze niet lukt om een goede balans tussen kinderen en carrière te vinden. Maken ze carrière, dan voelen ze zich schuldig tegenover hun kind. Geven ze hun carrière op, dan zijn ze chagrijnig omdat alleen de opvoeding van een kind geen voldoening geeft.' Jeroen neemt nog een slok bier en kijkt zelfgenoegzaam. 'Kortom: jonge vrouwen met kinderen zijn altijd ontevreden. En reageren die frustraties af op hun man. Die krijgt de schuld van alles. Hij is zich echter van geen kwaad bewust en ziet zijn vriendin veranderen van carrièregerichte hippe meid in een klagende, mopperende, uitgezakte moeder die eeuwig op hem loopt te vitten. Geen wonder dat hij op den duur vreemd gaat. Da's toch geen leven?'

O god, ben ik ook zo? Ben ik ook verworden tot zeur? Zou Robbert mij zo zien?

'Laat die mannen dan iets aan de situatie doen en hun vrouw meer steunen in plaats van vreemdgaan!' zeg ik fel. 'Nogal makkelijk, verdwijnen en je heil bij een ander zoeken.'

'Tuurlijk, ik zal niet ontkennen dat er een hoop mannen zijn die meer kunnen doen, maar er zijn tegenwoordig ook zat mannen die wél een dag minder werken, die wél veel in het huishouden doen én braaf elke dag hun kind van de crèche halen. Zelfs dan is het nog niet genoeg. Want dan gebeurt het weer niet op de manier waarop de vrouw dat wil. Zijn de kleren die hij de kleine aantrekt niet goed omdat de kleuren niet leuk zijn bij elkaar. Vergeet hij de spenen uit te koken. Pakt hij het verkeerde potje Olvarit, want dat smaakje heeft Jantje gisteren net gehad. Echt, vrouwen met kinderen moeten eens heel goed naar zichzelf kijken. Rond de vijfentwintig zijn ze nog enthousiast en ambitieus. Maar eenmaal de dertig gepasseerd en kind gekregen, wordt alles anders. Dan zijn vrouwen verbitterd en voortdurend geïrriteerd. Dan komt een nieuwe persoonlijkheid naar voren, die van zeurende bitch. Hé, misschien moet ik hierna maar bij een mannenblad gaan werken en daar een paar artikelen over schrijven,' grapt Jeroen, waarschijnlijk om de heftigheid uit de discussie te halen. Ik kook inmiddels.

'Dat lijkt me een uitstekend plan. Maar dan moet je de mánnen ook flink onder de loep nemen. Want je kunt ons wel de schuld geven, aan mannen mankeert ook een heleboel. Terwijl wij volwassen worden en onze verantwoordelijkheden leren nemen, blijven veel mannen hangen in hun twintigersleven. Beetje keten met de maten, beetje de kroeg in, beetje commentaar leveren op iedere vrouw die langsloopt, beetje werken. Het lijkt wel of ze zich voor de buitenwacht ervoor schamen om hun leven aan te passen als er een kind komt en dus is het logisch dat ze door hun vriendin of vrouw tot de orde geroepen moeten worden, want zelf bedenken ze het niet. Heel gemakkelijk, mag ik wel zeggen. En de regie van een huishouden laten ze maar wat graag aan een ander over, dat is maar ingewikkeld, je moet aan zo veel dingen tegelijk denken en je weet toch dat mannen geen multi-taskers zijn, liever, dat is wetenschappelijk bewezen. Bla bla bla.' Ik draaf door, geloof ik.

'Liz, luister naar jezelf. "Tot de orde roepen". Je klinkt als een zeurende moeder!'

Grrr. Moet ik hem nog gelijk geven ook? Bemoeder ik Robbert te veel? Ik ben perfectionistisch en bemoeizuchtig, ja. Maar anders komt er toch ook geen zak van terecht? Een stemmetje in mij fluistert dat ik het nog nooit geprobeerd heb me er níet mee te bemoeien.

'Ik zal nadenken over wat je hebt gezegd,' antwoord ik zuchtend. 'Volgende week heb ik een paar gesprekken met jonge vaders. Ik zal ze vragen of zij ook vinden dat hun vriendin is veranderd in een zeurende bitch. Wel een vrouwonvriendelijke stelling hoor,' grap ik geforceerd en geef Jeroen een zacht duwtje tegen zijn schouder.

'Ha, het is gratis advies! Vertel onze lezers maar hoe mannen ertegenaan kijken. Als die vrouwen naar zichzelf zouden kijken in plaats van alleen maar op hun partner af te geven, zou dat heel wat relaties redden.'

'Mm. Misschien heb je een beetje gelijk. Maar ook niet meer dan dat. Ik vind het toch net even te gemakkelijk allemaal.'

Terwijl Jeroen nog een kop koffie voor ons haalt, denk ik na over zijn stelling.

Ik stond daar maar en wist bij god niet wat ze van me wou. En toen zei ze ik heb zin in jou. Heerlijk, Doe Maar staat op. Die zin heb ik ook ooit gebruikt. 'Ik heb zin in jou.' Deed het goed in mijn puberteit. Toen jongens wel hielden van meisjes die wisten wat ze wilden. Als je eenmaal een relatie hebt, vinden ze het niet meer zo leuk dat je zo assertief bent en achter je doelen aangaat. Ja ja. Terwijl ik het laatste restje koude koffie opdrink, knijp ik in mijn nek. Oei, die voelt hard. De laatste twee weken heb ik zo'n zeurende hoofdpijn die vanuit mijn nek lijkt te komen.

'Bespeur ik daar een pijnlijke nek? Ik sta bekend om mijn perfecte massage,' zegt Jeroen, en voor ik het weet zit hij naast me op de bank. Hij heeft een arm om mijn schouder geslagen en knijpt met één hand stevig in mijn nek en schouders.

'Mmm, dit is fijn. Kan ik niet elke dag op de redactie een nekmassage krijgen?' zeg ik kreunend.

'Ik kijk wel uit. Voor ik het weet kan ik iedereen masseren. Maar jíj mag het altijd vragen natuurlijk, in geval van nood dan.'

Heb ik een speciaal plekje veroverd bij Jeroen? Dat is goed nieuws! Ik doe mijn ogen dicht en geniet van de massage. Zou de vrouw van Jeroen misschien erg zijn veranderd toen ze een kind kregen? Zou hij daarom zo fel hebben gedaan over vrouwen met kinderen?

'Hoelang ben je eigenlijk al gescheiden?' vraag ik, terwijl Jeroen zachtjes doormasseert.

'Bijna twee jaar nu.'

Zo te horen vindt hij het nog steeds geen gemakkelijk onderwerp. Zijn stem klinkt ineens anders.

'Is er een kans dat het weer goed komt tussen jullie?' Ai, lullige vraag, waar bemoei ik me mee?

'Nee, dat geloof ik niet. We waren enorm uit elkaar gegroeid. Voor Eline zou ik het wel anders willen. Ik vind het vreselijk dat ze niet zal opgroeien met haar ouders elke dag om zich heen. Ik zou graag een gezin zijn gebleven, voor haar.'

Ik grijp met mijn linkerhand over mijn schouder zijn hand vast en draai me naar hem om. 'Hé, rot voor je.' Tegelijkertijd geef ik een zacht kneepje in zijn hand. God, wat is hij aantrekkelijk als hij zo breekbaar kijkt. Ik moet echt oppassen, dadelijk word ik nog verliefd. Ik trek snel mijn hand terug en kijk op mijn horloge. Tot mijn schrik zie ik dat het al drie uur is geweest.

'Ik moet echt terug naar de redactie, dan kan ik nog wat doen voordat ik Tara uit de crèche moet halen. Vind je het erg om te gaan?' Niet dat ik hem een keus laat. Ik schiet overeind.

'Nee hoor, prima. Maar als het al drie uur is, ga ik niet meer terug naar kantoor. Ik ga thuis mijn interview met die jonge actrices uitwerken.' Terwijl hij afrekent, bespied ik hem stiekem nog even. Wat heeft hij een goddelijk lichaam. Goed kontje ook. En een gevoelig karakter. Als ik Robbert niet had, wist ik het wel. Misschien is hij iets voor Eelke?

Eenmaal buiten sta ik wat schutterig te bedenken wat ik nog moet zeggen. Is het normaal om een collega gedag te kussen? 'Nou, dan zie ik je morgen op de redactie, goed?' zeg ik uiteindelijk maar.

'Ik hoop dat je wat hebt aan mijn waardevolle mannelijke standpunten.' Hij trekt me naar zich toe en geeft me drie zoenen. 'Ik ben benieuwd naar je artikel. Laat je het me lezen als het af is?'

'Jij mag het stuk als eerste lezen.' Als ik in de richting van de metro loop, voel ik een enorme drang om eventjes om te kijken. Kijken of hij kijkt. Als ik dat doe, kijkt hij ook nog.

'Tot morgen!' roep ik hard. Pfff. Voorlopig geen lunches met Jeroen meer plannen, dat zet de zaken iets te veel op scherp.

MAAND 8 NA BEVALLING
Schuldgevoel over: niets! Weg met de
schuldgevoelens!
Irrationele gedachte: ik hoor een schuldgevoel te
hebben.
Vervangen door: het heeft helemaal geen zin je altijd
schuldig te voelen. Sta achter de keuzes die je maakt!

'*Oh my god, that is só last séason.*' Voor me staat de internationale chef-mode en beauty van *Women's world,* Beatrice
Legrand. Ze neemt me van top tot teen op en haar blik blijft
steken bij mijn slippertjes. Ha, echte Prada's, daar kan ze
niets van zeggen.

Als ik naar beneden kijk, zie ik echter tot mijn schrik dat
ik geen slippertjes aan heb, maar mijn Garfield-pantoffels.
En, o god, mijn joggingbroek met gat in het kruis. En mijn
T-shirt zit onder het babyspuug. Hoe kan dat nou??

Blèèèr. Voor één keer ben ik Tara dankbaar dat ze me wakker schreeuwt. Dit was een vre-se-lij-ke nachtmerrie, en
hopelijk geen voorspellende. Het zweet breekt me uit bij de
gedachte! Vandaag staat een bezoek van Beatrice Legrand
op het programma. Ze reist de hele wereld over om alle
Women's world-redacties onder handen te nemen. Elk halfjaar gooit ze er een gepeperde dosis kritiek uit. '*Thies ies so
horriebol. Why did you sjoes thies picture?*' Alle argumenten
die wel degelijk golden op het moment dat de foto werd uit-

gekozen, lijken inmiddels volledig niet terzake doende, waardoor iedereen met z'n mond vol tanden zit. Een dagje Beatrice staat gelijk aan een dagje les in tijdschrift-maken en elke keer lijkt het of je opnieuw bij les één begint.

Eerst kijken wat er met Tara aan de hand is. Het is zeven uur. Honger dus. Het komt wel heel beroerd uit dat Robbert net twee dagen naar Italië is in verband met een opdracht. Natuurlijk dacht ik dat hij een romantisch samenzijn met die Chantal had gepland, maar toen ik hem vroeg wie er mee ging, noemde hij een mij onbekend reclamebureau. Of zou er helemaal geen opdracht zijn? Geen tijd om hierover te piekeren nu. Ik moet eerst Tara naar de crèche brengen.

7.15 uur: Tara de borst gegeven.

7.45 uur: Tara geknuffeld, gewassen en aangekleed en weer in bed gezet met een stapel boekjes.

7.48 uur: Tara heeft de melk uitgespuugd. Zou ze ziek zijn?

7.53 uur: Temperatuur 37,7. Kan ze nou wel of niet naar de crèche? Waar lag de grens ook alweer? Ze ziet er niet ziek uit. Ik breng haar gewoon en doe net of ik het niet heb gemerkt.

8.05 uur: Tara schone kleren aangetrokken en opnieuw in bed gezet met een rammelaar.

8.10 uur: Help, ik zie een vlek in mijn jurk, gisteravond leek hij nog schoon!

8.15 uur: Waar zijn mijn zwarte slippertjes?

8.30 uur: Vlek uit veilige zwarte jurkje gepoetst en mijn ogen voorzien van lichte variant op *smoky eyes*. Tevens foundation opgedaan om teint te egaliseren; bronzepoeder lichtjes eroverheen gekwast om mijn zomerse bruine teint extra te laten stralen; lippen knalrood gestift met nieuwe langhoudende lipstick van Lancôme.

8.31 uur: Tara heeft haar broek vol gepoept.

8.33 uur: Tara's billen schoongepoetst. Nieuw record? Wel minstens tien billendoekjes gebruikt (van die dure, volgende week Etos huismerk kopen!).

8.34 uur: Aaargh! Tara graaide met haar hand naar mijn gezicht en smeerde de lipstick in een grote veeg over mijn wang! Lipstick en luiers zijn geen goede combinatie!

8.40 uur: Lipstick weggepoetst van wang maar daarmee ook foundation en bronzepoeder. Zit nu met half opgemaakt gezicht in auto op weg naar crèche.

8.55 uur: Eindelijk op weg van crèche naar kantoor. Laat Beatrice alsjeblieft vertraging hebben!

9.45 uur: Op de redactie gearriveerd. Beatrice is er al. Jeannette kijkt me niet erg vriendelijk aan, maar de vergadering is gelukkig nog niet begonnen. En ik heb geen Garfield-pantoffels aan. Beatrice begroet me hartelijk en ik zie geen misprijzende blik. Ik weet eigenlijk niet waar ik me druk om maak, want zelf ziet ze er helemaal niet modieus uit. Ze draagt gewoon een zwarte broek en een zwart shirt. Maar misschien is het van een ontwerper en zie ik niet welke. In ieder geval heb ik rode lipstick op (dé trend voor komende winter) en haar lippen vertonen restjes van een roze tint (*só last year!*).

17.00 uur: Beatrice is met een taxi op weg naar Schiphol. Ik heb zowaar twee complimentjes gehad. (En achtendertig kritiekpunten, maar gemakshalve denk ik daar nu niet aan.)

'Vind je mij een gefrustreerd kreng?' Zaterdagavond. Tara ligt te slapen. Ik heb een wijntje ingeschonken voor Robbert en mij. De tafel mooi gedekt. Kaarsen aangestoken.

'Laten we er een gezellig avondje van maken voor ons samen. Niet met een bak Thais voor de buis, maar lekker tafelen,' riep ik vanmiddag overenthousiast.

Ik heb me voorgenomen een goed gesprek te hebben met Robbert. Het hem vanavond te vragen. Of hij me nog wel leuk vindt. Of ik ben veranderd van vlotte vriendin in zeurende moeder. Of hij vreemdgaat. Waarom we nooit meer seks hebben.

Het zal wel niet meevallen iets uit hem te krijgen. Robbert

is een echte binnenvetter. Zeker over problemen is hij niet erg spraakzaam. Hij pot alles op, overdenkt het allemaal rustig op de momenten dat het hém uitkomt en zegt vaak pas wat als hij een oplossing heeft bedacht. Doodmoe word ik van die benadering. Ik heb zo vaak geprobeerd hem ervan te overtuigen dat het veel beter is om samen over problemen te praten en samen naar oplossingen te zoeken, maar zo zit hij niet in elkaar, zegt hij. In deze situatie moet er echter overlegd worden, daar ben ik van overtuigd.

Nou, daar zitten we dan. Als jut en jul tegenover elkaar. Het voelt raar. Net of we een toneelstukje opvoeren. Papa en mama die proberen terug te gaan in de tijd. De tijd van de gezellige etentjes. Maar er is één belangrijk verschil. Toen was ik niet zo moe als nu en – veel belangrijker – gingen we gezellig úit eten. Nu heb ik een uur in de keuken gestaan en baal ik dat de hartige taart veel te nat is geworden. Had ik maar een oppas geregeld, dan hadden we nu bij de Italiaan gezeten waar we vroeger vaak kwamen.

'Waar komt dát nou weer vandaan,' antwoordt Robbert met volle mond. Blijkbaar vindt hij de taart prima en mijn vraag vreemd.

'Ik vraag me af of ik meer *bitchy* ben geworden.'

'Hoezo, sinds wanneer? Sinds je moeder bent?'

'Ja, ook. Of sinds je me hebt leren kennen. Tien jaar terug was ik misschien relaxter.'

'Nogal logisch, ik ook. Het leven was toen erg eenvoudig als je het vergelijkt met nu.'

Daar is Robbert weer met zijn nuchtere opmerkingen.

'Je vindt dus niet dat ik nu een compleet neurotische regeltrut ben? Dat ik heel veel zit te katten sinds Tara er is? Eerlijk zeggen.'

'Als je het echt wilt weten: je bent wel een *freakie* ja, met je regels en ik word er gek van dat alles op jouw manier moet. Ik kan ook prima op mijn manier voor Tara zorgen.'

'Dus je vindt dat ik me te veel met alles bemoei.'

'Het kan beslist minder. Je hoeft bijvoorbeeld niet hele lijstjes te maken als ik een paar dagen alleen ben met Tara. Ik ben niet gek. Bovendien doe ik het toch niet volgens jouw lijstjes.'

'Wat doe je dan niet volgens mijn lijstjes?' Help, maak ik ze soms voor niets?

'Ik bepaal bijvoorbeeld zelf wel wat ik haar aantrek. Ze gaat er heus niet dood van als ze niet het setje aanheeft dat jij hebt klaargelegd. Ik kan prima zelf een combi bedenken.' Er klinkt ergernis door in zijn stem.

'Misschien ga ik daar inderdaad te ver in, ja. Je vindt het dus ook niet handig dat ik al haar kleren in setjes bij elkaar leg? Dat wilde ik namelijk morgen gaan doen.'

'Nee joh, dat is helemaal niet nodig. Ik zoek zelf wel dingen bij elkaar. Dat hoef je echt niet te doen.'

'Maar vind je me gefrustreerd?' vraag ik, terwijl ik mijn bord van me af schuif.

Robert fronst zijn wenkbrauwen. 'Wat bedoel je daar nou toch mee, heb je weer iets gelezen in een van je tijdschriften?'

'Nee, maar ik ben bezig met een artikel over stellen met jonge kinderen. En een van de dingen die telkens naar voren komen als ik mannen spreek, is dat ze vinden dat hun vrouw zo is veranderd sinds ze een kind hebben. Dat de mannen dan alleen nog maar kritiek en gezeur over zich heen krijgen en dat die vrouwen wat meer ontspannen moeten doen.'

'Lekker artikel.' Robbert begint te lachen. 'Dat onderwerp heb jij zeker verzonnen. En nu wordt alles op mij geprojecteerd. Ik dacht trouwens dat je zelf geen artikelen meer zou schrijven nu je parttime chef bent?'

'Dat is ook niet de bedoeling, maar met dit verhaal was ik al bezig, dus dat maak ik nog af. Je hebt me overigens nog steeds geen antwoord gegeven.'

'Wat wil je van me horen? Natuurlijk ben je veranderd. Ook sinds Tara er is. En je mag wel wat minder zeuren, ja. Maar verder ben je best lief.'

Best lief. Moet ik daar nou blij van worden? 'En vind je onze relatie nog leuk? Het is anders geworden, hè?' Ik probeer het gesprek intiemer te maken, maar aan Robberts gezicht te zien heeft hij niet veel zin om te praten.

'Ja, het is anders. Maar dat wisten we van tevoren, dat het zou veranderen. Daarover ben je zeker ook een artikel aan het schrijven, over wat een kind doet met je relatie?'

'Nee, ik heb het nu over ons. Je bent de laatste tijd zo veel aan het werk en op een of andere manier ben je onbereikbaar voor me. Ik weet niet goed wat je denkt of voelt. Of het goed met je gaat. Of je nog van me houdt. Of je het leven met z'n drietjes fijn vindt. Of je je vrije leven mist. Je bent toch nog wel gelukkig met ons?'

'Lizzie, is dit een verplichte praatavond of zo? Ik dacht dat we gewoon een keer gezellig samen zouden eten.' Robbert kijkt zuchtend op.

'Maar we kunnen toch tegelijkertijd een goed gesprek hebben?'

'Je weet dat ik hier gek van word,' kreunt Robbert. 'Dat jij iets in je hoofd hebt en dat het dan op die manier moet gaan en niet anders. Jíj hebt besloten dat we vanavond een goed gesprek moeten hebben en ík moet verplicht over mezelf en mijn gevoelens praten. Ik word nogal claustrofobisch van dit soort aanvallen van jou. Wil je koffie?' Robbert loopt naar de keuken, hetgeen de soepelheid van het gesprek niet bevordert. Ik loop achter hem aan met onze borden.

'Het is helemaal geen aanval. Doe nou niet zo moeilijk. Ik probeer te praten over onze relatie.' Verdomme, die koffie kan toch vijf minuten wachten?

'Maar dat werkt niet zo. Daar moet de sfeer naar zijn, daar moet het gesprek toevallig een keer op komen zonder dat jij je hebt voorgenomen het eropaan te sturen. Typisch vrouwengedrag dit.'

'Krijgen we weer die mannen-versus-vrouwendiscussie. Ja, wij vrouwen pakken dingen anders aan. Ja, wij vrouwen denken praktisch. Ja, wij vrouwen kunnen plannen. En als ik een goed gesprek van jou moet laten afhangen, gebeurt er nooit wat,' antwoord ik boos. Robbert blijft kalm.

'Als je het niet erg vindt, ik ben echt niet in de stemming voor zo'n gesprek nu. Ik heb een ontzettend drukke week gehad, ik heb gezegd dat ik van je houd en dat je niet bent veranderd in een zeurend kreng en nu wil ik een ontspannen zaterdagavond. Bovendien komt er zo een film op tv die ik graag wil zien.'

'Nou, dan praten we niet,' zeg ik pissig en teleurgesteld tegelijk. 'Maar ik hoop dat jíj dan de komende maanden een keer probeert een atmosfeer te creëren waarin we het over wat anders kunnen hebben dan luiers en tandjes en welke boodschappen moeten worden gehaald.'

'Ik heb je net gezegd dat zo'n sfeer vanzelf moet ontstaan.'

Aaargh! De onnozelheid van mannen is af en toe echt ondraaglijk.

'Maar misschien gebeurt dat niet meer nu we een kind hebben en moet je er meer moeite voor doen.'

'Als het niet gebeurt, zal ik er echt, erewoord, mijn best voor doen.' Robbert reikt me een grote mok koffie aan. 'Hier heb je je favoriete koffie, met een scheutje Tia Maria erin. Is het zo goed?' Robbert kijkt me smekend en ook een ietsiepietsie schuldbewust aan.

'Dan hebben we het er wel een andere keer over, ga die film maar kijken.' Zucht. Net een klein kind. Moet je kijken hoe opgelucht hij terugloopt naar de woonkamer, neerploft op de bank en de tv aanzet.

Geen goed gesprek dus. Evaluatie: hij zei wel dat ik lief ben. Of zou hij dat gezegd hebben omdat hij geen zin had in een zwaar gesprek? En ik weet nog steeds niet of hij vreemdgaat. Ik loop ook naar de woonkamer, ruim de tafel af en ga dan bij hem op de bank hangen. Ongezellig is het wel, zo'n vierzits, bedenk ik, als we allebei in een hoek hangen. Ik schop mijn schoenen uit, schuif naar Robberts kant en nestel me tegen hem aan.

'Hè, moet dat, je plet me.' Heel leuke reactie, heel subtiel. Wat kan hij toch vervelend zijn. Volgens mij vond Robbert het vroeger wel fijn als ik tegen hem aankroop. Is het heel fout dat ik nu aan Jeroen denk? Die zou dat vast wél lekker vinden.

Maandagochtend, zeven uur. Tara is wakker en huilt. De dag gaat weer beginnen. Waar zijn de dagen dat ik me 's morgens rustig kon voorbereiden op wat er ging komen? De dagen dat ik om zeven uur wakker werd en dacht: Ha, nog een half-uurtje en me dan weer omdraaide? Als ik Tara's kamer binnenloop, is alles echter weer goed. Ze ziet er zo lief uit 's morgens. Haar blonde krulletjes springen langs haar slaperige hoofdje en haar bolle wangen zijn rood van de slaap. Ik haal haar uit haar bedje en houd haar dicht tegen me aan als ik terugloop naar de slaapkamer. Ik leg Tara naast me op bed, doe mijn t-shirt omhoog en aai haar over haar bolletje. 'Ga maar lekker drinken, meisje.' Tara duwt de borst weg en probeert omhoog te kruipen. 'Hé, je mag drinken.' Maar Tara lijkt vandaag wat anders aan haar hoofd te hebben. Ze draait zich om en graait naar de wekker op mijn nachtkastje. Nee hè? Hier was ik al bang voor. De laatste dagen drinkt Tara nog maar heel weinig 's morgens. Snel een slok en dan heeft ze er geen aandacht meer voor. Zou dit echt het einde van de borstvoeding zijn? Ik geef Tara de wekker om mee te spelen en probeer het daarna nog een keer. Nee, ze wil echt niet. Ze geeft een onbehouwen duw tegen mijn borst. Au. Nou word ik ook al door mijn eigen kind afgewezen. Robbert heeft geen interesse meer in me, Tara nu ook niet meer. Als ik eerlijk ben, kan ik ze geen ongelijk geven. Ik vind mezelf ook niet meer mooi. Of zelfs maar béétje leuk.

Tijd voor zelfmedelijden heb ik echter niet. Ik geef Tara aan een halfslaperige Robbert, kleed me snel aan en sjouw mijn trolley naar buiten om hem op mijn fiets te binden. Vandaag naar Berlijn. Wat zijn er toch veel reisjes de laatste tijd. Het valt niet mee om al die tripjes én het werk als chef te doen. De afgelopen twee weken heb ik bijna elke avond thuis doorgewerkt. Ik heb geen idee hoe ik anders alles af moet krijgen. Maar ik moet natuurlijk ook nog wennen. Straks gaat het vast beter.

In de trein naar Schiphol denk ik na over het einde van de borstvoeding. Vind ik het nou echt zo moeilijk? Ik heb verhalen gelezen van moeders die twee dagen zaten te snikken omdat de borstvoeding was afgelopen. Maar eigenlijk vind ik het helemaal niet erg. Het moment samen werd toch steeds minder intiem. Eerst was ze zo'n lief baby'tje dat tegen me aan kroop, maar de laatste weken was het al anders. Vorige week greep Tara mijn borst met twee handjes vast en trok 'm bazig naar zich toe. Dat vond ik echt te ver gaan. Dat ding is wel van mij natuurlijk. Bovendien scheelt het veel tijd als ik 's morgens niet meer hoef te voeden. Kan ik me tenminste opmaken in de badkamer in plaats van in de auto.

Wir begrüssen Sie ganz herlich in Berlin, und freuen uns auf einen schönen Abend mit Ihnen. Op het bed in de hotelkamer ligt een vriendelijk kaartje klaar om me welkom te heten. Het programma is vol, helaas. Geen tijd om te winkelen, geen tijd om urenlang te badderen in de immense hotelbadkamer. Maar wat kan het me schelen? Ik ben lekker twee dagen weg. Weg van de drukte op de redactie, weg van de sleur thuis. In het vliegtuig heb ik besloten dat ik me niet schuldig ga voelen tegenover Tara en Robbert en niet ga piekeren over de stapel werk die op de redactie ligt te wachten. Ha, ik ga ouderwets aan mezelf denken!

Als ik om me heen kijk, weet ik weer wat er zo leuk is aan persreisjes: de luxe. Denk maar niet dat ik dit hotel ooit zelf kan betalen. Alles is supermodern en strak ingericht. Links staat een zwarte loungebank, rechts een gigabed, langs de muur een *stylish* tafeltje en in de designbadkamer bevindt zich een douche met reuze douchekop met minstens zeven

massagestanden erop. Op het bed liggen de welkomstca-
deaus klaar. Ik raak er al zo aan gewend dat cosmeticabedrij-
ven een welkomstpakket laten klaarleggen op de kamer, dat
ik op vakantie verbaasd ben als er niets ligt. Robbert zegt altijd dat ik een beetje een snob ben geworden sinds ik in de
beauty-*scene* zit, en een kern van waarheid zit er wel in. Gelukkig ben ik nog wel oprecht blij met de cadeaus. Ik begin
meteen te smeren en te sprayen als ik ontdek dat er in het
pakje een bodylotion en een parfum zitten. Vervolgens trek
ik de minibar open. Gelukkig, er ligt een Milka-reep in.

Opschieten nu, want zoals gewoonlijk had het vliegtuig
vertraging en dat betekent dat we nu precies een halfuur
hebben om ons op te frissen en om zeven uur tot in de punt-
jes verzorgd in cocktailoutfit in de lobby te verschijnen.

Een blik in de spiegel van de badkamer levert lichte paniek op. O god! Thuis zag ik er toch oké uit? Hier wordt echter alles genadeloos uitgelicht:

- Ik had mijn benen moeten scheren. Dacht dat ik dat net
  had gedaan, maar kom er met even rekenen achter dat
  het inderdaad al anderhalve week geleden is. Niets voor
  meegenomen natuurlijk. Zouden de haartjes minder
  opvallen als ik ze met bodylotion tegen mijn been aan-
  plak?
- Mijn wenkbrauwen zijn absoluut niet in vorm. Aan alle
  kanten steken gruwelijke haartjes uit. Terwijl ik ze thuis
  had bijgewerkt! Waarom heb ik niet de beschikking over
  een privé-visagist, zoals de redactieleden van de Amerikaanse *Vogue*?
- Ik heb de verkeerde kleur lipstick bij me. Kies ik eindelijk eens niet voor het veilige zwarte jurkje, zit ik met
  oranjerood op mijn lippen bij een donkerrood rokje.
  Dit is niet mijn dag!

Uit frustratie eet ik de borrelnoten op uit de minibar. Pardon, vier euro tachtig?! Maar dat geeft me natuurlijk geen beter gevoel, want nu voel ik me te dik voor de rode rok. Mijn zwarte heb ik echter niet meegenomen en ik moet dus doorzetten.

Er ligt ook nog een reep Milka-chocola.

Nu val ik echt definitief door de mand als beautyredacteur. Maar goed dat ik straks chef ben. Iedereen ziet dat ik het helemaal niet in me heb om een stijlvolle beautyspecialist te zijn. Het zou allemaal nog te overzien zijn geweest als de hoofdredacteur van *Vogue* lekker thuis was gebleven. Maar die is dus ook mee op deze perstrip. Ze vraagt mij natuurlijk nooit om daar te komen werken als ze ziet dat ik stoppels heb op mijn benen, verwilderde wenkbrauwen en een foute kleur lipstick. Zelfs Robbert maakt de laatste tijd opmerkingen over hoe ik eruitzie. Hij vroeg onlangs waarom ik nooit meer een rokje aan heb.

'Omdat dat niet handig is als ik de hele dag met Tara bezig ben,' antwoordde ik enigszins verbolgen.

'Maak je je nooit meer op?' vroeg hij vorige week ook nog. Natuurlijk maak ik me op, wat een vraag! Maar met name als ik moet werken, dus als Robbert me niet ziet. Rode lipstick op als je voor een kleintje moet zorgen, is helemaal niet praktisch. Dan zit ze gelijk onder als ik haar kus. En ikzelf ook. Bovendien ontbreekt het me in de weekenden nog steeds aan tijd. Als ik Tara heb gevoed, gewassen en aangekleed, mezelf heb aangekleed, mijn lenzen heb ingedaan en mijn krullen heb ontpluisd, ben ik blij dat ik eindelijk een kop koffie kan drinken. Ik heb geen zin om me dan ook nog op te maken. Maar goed, ik moet er voor oppassen thuis niet in een slons te veranderen. Als ik zo doorga met hard werken, vroeg het bed in duiken en er thuis nooit meer leuk uitzien, komt het beslist nooit goed tussen Robbert en mij. Ik moet greep zien te krijgen op mijn leven bedenk ik, terwijl ik mijn handtas volgooi met spullen die ik vanavond nodig heb.

Goede voornemens:
- Voortaan altijd een pincet en scheermesje mee op beautytrips
- Tien kleuren rode lipstick in apart tasje klaarleggen in koffer
- Me ook in de weekenden opmaken

Er ligt nog een reep Milka-chocola in de minibar.
Jemig, kan dat zinnetje niet uit mijn hoofd? Die reep is belachelijk duur! En ik heb al borrelnoten gegeten. En ik moet nog minstens zes kilo afvallen deze maand. Misschien vindt Robbert me dan weer aantrekkelijk. Hij zal toch niet met een ander afspreken in ons huis nu ik een nachtje weg ben? Nee, dat kan hij niet maken, Tara is er. Maar toch moet ik afvallen. De kwestie is: moet mijn nieuwe nooit-meer-snoepen-voornemen ook op persreisjes gelden?

Misschien kan ik die Milka-reep maar beter nu opeten, anders moet ik het nog vijfentwintig uur zien vol te houden om eraf te blijven, waarvan zeker acht uur in dezelfde kamer. Hoewel, een gedeelte daarvan slaap ik. Oké, compromis. Ik spreek met mezelf af dat ik 'm mag opeten als ik vanavond op de kamer terugben en er nog zin in heb.

18.55 uur: Heb toch de Milka gepakt. Ik kan zelfs geen afspraken maken met mezelf.

Anderhalf uur later zit ik in een donkere zaal naar een spectaculaire show te kijken van een soort Cirque du Soleil-types. Ze vliegen door de lucht, buigen zich dubbel, hangen ondersteboven, klimmen op elkaar en soms zelfs door elkaar. Zo lijkt het tenminste. Jemig, wat zijn die mensen lenig. En dun! Ik laat mijn blik naar beneden dwalen en zie dat mijn rokje behoorlijk strak over mijn benen gespannen zit. Bah. Ik heb genoeg van dit nieuwe lijf. Robbert heeft er niks over gezegd in ons mislukte 'goed gesprek' laatst. Maar hij heeft sowieso weinig gezegd. Behalve dan dat hij me niet echt een supergefrustreerd kreng vindt. Als ik terug ben, ga ik een datum prikken om samen uit eten te gaan. Wellicht krijgen we dan vanzelf een goed gesprek. Of plan ik het dan toch weer? Ben ik zoals gebruikelijk bezig controlfreakerig te doen?

Irrationele gedachte: ik moet een goed gesprek hebben met Robbert over onze relatie.

Vervangen door: ik moet geen goed gesprek hebben met Robbert over onze relatie. Volgens mij klopt er iets niet in deze gedachtegang. Thuis nog maar even in mijn RET-boekje kijken.

Geen goed gesprek organiseren dus, maar het laten ontstaan. Vanzelf. Het is behoorlijk tegen mijn natuur om het op z'n beloop te laten. Weet je wat? Als ik thuis ben, ga ik een plan van aanpak opstellen. Ja, dat is het! Er moet een schema komen: *Hoe krijg ik mijn oude leven en lijf terug?* Volgende maand is het negen maanden na de bevalling, dat is een mooi moment om te beginnen. Dan kan ik komende weken bedenken wat er moet gebeuren om mijn leven op de rails te krijgen.

De lenige types vormen een piramide van mensen. Ze hebben felgekleurde pakken aangetrokken en roepen kreten als: *'Longlasting! Colourful! Tasty!'* In het midden van de piramide begint een soort vuurwerk te spuiten. De piramidemensen springen galant van elkaar af. Het vuurwerk wordt groter en kleurrijker. *'We proudly present...'* (tromgeroffel) *'Lippy Colours!'* Een explosie van kleur volgt. De zaal roep 'ooh' en 'aah'. Dan is het afgelopen en gaan de lichten aan. Enkele lenige types komen naar onze VIP-tafels toe. Ze dragen grote schalen met lipsticks in allerlei kleuren en geven alle journalisten er een. Daarna sommeert de publiciteitsmedewerkster ons op te schieten. Buiten wachten de taxi's om ons naar het nieuwste en hipste restaurant van de stad te rijden.

Amsterdam 1993. Ik heb het voor elkaar. Ik ben op mijn streef-
gewicht! Ik heb zojuist een broek gekocht in maat 38! Ik ga al
mijn kleren van maat 40 en 42 de deur uit doen. Maat 42! Hoe
heb ik het ooit zo ver laten komen? Dat is echt belachelijk. Die
studententijd is funest geweest. Al die pasta's met slagroom en
spekjes. Hartige taarten met room. En die drank... Ik had me
nooit zo moeten laten gaan natuurlijk. No way dat ik dat ooit
weer laat gebeuren. Ik zit al maanden aan de shakes en maal-
tijdrepen en drink alleen nog maar in het weekend alcohol.
Het is afzien, maar het werkt. Ik ga nooit meer zoveel eten als
vroeger. Eelke zei laatst dat dit geen zin heeft, dat je je eetpa-
troon moet veranderen als je echt op gewicht wilt blijven.
Maar ik weet zeker dat ik dit volhoud. Lunch en ontbijt ver-
vangen door een reep of poeder is toch een gewijzigd eetpa-
troon? Ik moet toegeven dat het me hiervoor nooit is gelukt om
op mijn streefgewicht te blijven. Alle diëten die ik in mijn leven
heb geprobeerd (van Mayo tot Atkins, vertel mij niets over dië-
ten, lijnen, calorieën per eenheid en calorieverbruik, ik weet er
alles van. Alles.) hebben nooit blijvend hun vruchten afgewor-
pen. Maar nu komt het goed. Nu heb ik een nieuwe eetgewoon-
te. Ik voel me zo mooi, dit gevoel wil ik nooit meer kwijt!

De week erna heb ik een vrije dag genomen. De zon schijnt.
Het is dertig graden. Het is tijd voor een stranddag. Eigenlijk
heb ik het te druk om een dag vrij te nemen. Maar ik heb het
zó nodig. Zou het werk me toch een beetje te veel worden?
Zelfs als ik presentaties afzeg en werk mee naar huis neem,
krijg ik niet alles op tijd af. Ik loop voortdurend achter de
deadlines aan en dat zit me vreselijk dwars. Jeannette zei dat
ik me er niet druk over moest maken. Dat ik best wat speling
heb deze maanden. Maar het is niets voor mij. Ik houd van
precies. Ik houd van op tijd. Ik houd van op orde. Ik wil niet
achter de feiten aanlopen. Robbert klaagde zondagavond
dat ik te vaak werk mee naar huis neem. Dat ik ook in de
weekenden regelmatig zit te werken. Dat als het zo doorgaat,

Tara straks naar school gaat voor ik het doorheb. Gemeen! Hij weet precies wat hij moet zeggen om me een schuldgevoel aan te praten. Ik ben doodsbang dat ik vreselijke spijt krijg dat ik niet meer tijd met Tara heb doorgebracht als ze over een poosje naar school moet. Dan heb ik niet meer de vrijheid om elke dag iets met haar te doen. Maar als ik deze carrièrekans laat schieten, krijg ik straks ook spijt.

Vandaag is echter alles goed. Ik heb haar emmer en schepjes ingepakt, een picknickmand voor ons tweeën meegenomen en alles in de auto geladen. Het lijkt wel of ik op vakantie ga, en dat voor één middagje. De zon schijnt. Tara is in een stralend humeur, ze slaat haar armpjes om mijn nek als ik haar oppak om in de auto te zetten. Tara houdt van me. Ook als ik veel werk. Ook als ik geen make-up op heb en in een te strak zittende korte broek loop. Heerlijk, die onvoorwaardelijke liefde.

Zee! Weidsheid! Waarom lijkt de wereld toch altijd zoveel mooier als je bij zee bent? Als ik – na veel gesjouw – mijn handdoek uitspreid en Tara's speeltjes heb neergelegd, begint ze te huilen. Ze wil niet op de handdoek zitten. Ze wil niet met haar schepje spelen in het zand. Ze wil niet in haar buggy zitten. Ze wil eigenlijk niets. Wat is er aan de hand? Vinden kinderen strand niet het einde? Wanhopig kijk ik om me heen. Ik besluit me niet te laten kennen en loop met Tara naar de branding. Dat vindt ze grappig. Ze kruipt het water in, slaat met haar handjes in het water. Ik ga erbij zitten en geniet van haar pret. Maar wat is het water koud. Dit kan niet goed zijn voor zo'n ukkie. Als ik haar even later klappertandend uit het water til, begint ze te krijsen. Ze wil niet uit het water. Ze wil niet afgedroogd worden. Ze wil geen droge luier. Ze wil geen romper aan. Als het me eindelijk is gelukt Tara aan te kleden, zet ik haar met een koekje in de buggy. Ha, dat werkt. Ze is stil. Even rust.

Ik tuur over zee en denk na over mijn leven sinds Tara er is. Er is veel veranderd de laatste maanden. Vooral tussen

Robbert en mij. Wat is er toch aan de hand? Wat maakt nou precies het verschil? Het beangstigt me dat ik er geen greep op krijg. Dat het me niet lukt iets te veranderen. Als ik mijn relatie wil redden, moet het anders. Ik pak het Moleskine-notitieboekje uit m'n tas om mijn nieuwe doelen op te schrijven:

- Afvallen: 1 kilo per week. Doen door niet meer te snoepen en minder te eten. Doel moet bereikt zijn na 8 weken. Beloning: me lekker in mijn vel voelen
- Relatie verbeteren. Doen door een weekendje-weg te boeken. Doen voor het einde van de maand. Beloning: beter contact met Robbert
- Carrière maken. Doen door een goede chef te zijn, deadlines te halen. Beloning:…

Plof. Tara's koekje valt in het zand. Tara gilt alles bij elkaar. Ik heb geen reservekoekjes bij me. Ze wil geen speen. Ze wil niet drinken. Ik ben moe. Ik ga naar huis. Ik ben blij dat ik morgen weer kan werken.

*Schuldgevoel over: in beautycentrum liggen terwijl
Tara ziek is.*
*Irrationele gedachte: na negen maanden hoor je je
oude figuur terug te hebben.*
*Vervangen door: negen maanden op, negen maanden
af, is een achterhaald idee.*

Ben ik een slechte moeder? Vast. Een week later zit ik alweer
in de auto (Fiat Panda! Dat kan natuurlijk echt niet meer. Ik
zou toch minstens een Audi A3 moeten hebben. Zeker nu ik
chef ben. Zelfs als parttime chef kan een oude Fiat niet.) op
weg naar Verweggistan. Op de Veluwe is een nieuw ultramo-
dern beautycentrum geopend waar ik ben uitgenodigd om
de nieuwste behandelingen te ondergaan. Een vijfgangendiner, overnachting in een suite en morgen de hele dag ge-
pamperd worden (is dat woord van Pampers afgeleid?). Het
klonk allemaal zo heerlijk toen ik ja zei op de uitnodiging.
Morgen is het negen maanden geleden dat Tara werd geboren. Het is dus een perfect moment om naar een beautycentrum te gaan en tijd te besteden aan mezelf, mijn lijf, mijn
gedachten. Ik had me voorgenomen daar afscheid te nemen
van mijn eerste negen moedermaanden. Aan mijn nieuwe
leven te beginnen. Het plan van aanpak uit te werken.

Maar nu het zover is, voelt het allemaal niet zo goed. Nu is
Tara namelijk ziek. Ze had hoge koorts toen ik wegging en

zat als een klein vogeltje op mijn schoot in haar Nijntje-boekje te kijken. Natuurlijk heb ik het allemaal goed geregeld. Ik ben zo lang mogelijk bij haar thuis gebleven, heb een zeer uitgebreide instructielijst voor Robbert achtergelaten en m'n mobiel compleet opgeladen zodat ik absoluut *standby* ben, en zonder files kan ik in een dik uur thuis zijn.

Robbert vond voor de verandering dat ik moeilijk deed. 'Ik kan toch ook voor haar zorgen? Ga nou, wij redden ons wel.' Natuurlijk kan dat. Maar stel nou dat ze haar moeder wil? Nu heb ik mijn zieke kind achtergelaten om me in luxe te baden. Dat kan een goede moeder toch niet doen?

Aan de andere kant: ik heb het zó nodig. Mijn hoofd loopt over van alle dingen die ik moet onthouden. Inmiddels heb ik al drie A4'tjes *to do*-lijsten op mijn computer hangen. Jeannette kan wel vinden dat ik zo goed georganiseerd ben, zelf merk ik er de laatste tijd weinig van. Vannacht heb ik bovendien geen oog dichtgedaan omdat Tara bij ons in bed lag en ik de hele nacht haar handje heb vastgehouden. Bij elk kikje heb ik over haar bolletje geaaid en haar speentje opnieuw ingedaan. Ik moet absoluut bijslapen.

Er is vast een enorm bad. Ik moet me alleen door het diner zien te worstelen en de files. Ik ben te laat. Al die stress om daar een paar uur te ontspannen. Weegt dat tegen elkaar op? Zal ik teruggaan? Eerst bellen. Na acht keer overgaan neemt Robbert pas op.

'Met mij, hoe gaat het met de kleine?'

'Je bent pas een uurtje weg.'

'Ja maar toch, ik vroeg me af of het wel gaat.'

'Alles gaat goed hoor. Ze ligt te slapen.'

Gelukkig. Ik voel m'n schouders naar beneden zakken. Niets aan de hand. 'Bel je als je denkt dat het niet goed gaat?'

'Natuurlijk. Geniet er nou maar van.'

'Ik zal het proberen.'

'Tot morgenavond.'

'Kusje.'

Nu is het afgelopen. Ik ga nu doen wat andere werkende moeders ook doen: de knop omzetten. Dit is mijn werk. Ik heb dit verdiend.

Als ik na twee uur doodop uit mijn auto stap op het parkeerterrein in het bos, word ik weer een beetje blij. Hier ruikt het fris en ik hoor vogels fluiten. Er komen flarden van jeugdherinneringen boven. Met takjes gooien, eekhoorntjes zoeken, verstoppertje spelen achter de bomen. Jee, wat is het lang geleden dat ik in het bos ben geweest.

Ik pak mijn weekendtas uit de achterbak en wandel op mijn gemak het beautycentrum in. Daar staat een stralende PR-medewerkster me op te wachten. Nadat ik me heb voorgesteld, ratelt ze erop los. Weg is het vleugje ontspanning dat ik even voelde.

'Wat fijn dat je er bent! Toch geen files gehad hoop ik?'

Ja natuurlijk wel, trut. Wie organiseert zoiets nu op een dinsdagmiddag om vijf uur?

'Nou, een beetje, maar dat is niet erg hoor,' lispel ik beleefd.

'Je hebt nog tien minuten om je even *lekker* op te frissen. Daarna gaan we *lekker* eten. En het programma voor morgen – ik kan vast verklappen dat dat heel veel *lekkere* behandelingen zijn – ligt op je kamer. Maar ga eerst nog even *lekker* naar je kamer. Dan zien we je zo. Je hebt suite tien, hier aan het einde van de gang de trap op. *Lekker* hè, er even zo tussenuit?'

Ik ben nu al absoluut allergisch voor dit 'alles is lekker-type' en vlucht naar mijn suite. Die blijkt op de eerste verdieping te liggen en heeft aan een zijde allemaal ramen, waardoor ik een prachtig uitzicht heb op het bos. Ik gooi de deuren open, stap het balkon op en adem een paar keer diep in. Kon ik hier maar blijven. Ik zou er een moord voor doen om een uur op dit balkon te kunnen staan en alleen maar de geur van het bos op te snuiven.

Helaas, de tijd dringt. Ik fris me op in de rood met bruin

marmeren badkamer en meld me voor het diner. Tijdens het eten sla ik me moedig door de verhalen van de overenthousiaste PR-mevrouw. Ze vertelt me alles over een nieuwe wonderbaarlijke behandeling die alle energie in de huid weet terug te brengen. Daarbij wordt gebruikgemaakt van een nieuwe crème. Er zitten bijzondere ingrediënten in. Zoals goud (echt waar!) en kaviaar (zonde, veel beter om dat op een toastje te smeren dan op je lijf). Nadat ik 25 keer het woord 'lekker' heb geturfd, zeg ik dat ik van mijn kamer ga genieten en vlucht de eetzaal uit. Op de kamer bel ik snel naar Robbert. Met Tara gaat het gelukkig goed. De koorts is gedaald. Ik slaak een zucht van verlichting.

Eindelijk tijd om onbekommerd aan mijn negen-maanden-afsluit-ritueel te beginnen. Ik besluit in bad te gaan, kleed me uit tussen het marmer en ga bloot voor de levensgrote spiegelwand staan. Slik. Mijn spiegelbeeld liegt er niet om. Dat verhaal over negen maanden op, negen maanden af klonk altijd best plausibel. Dat je lichaam niet alleen negen maanden nodig heeft voor de opbouwfase, maar ook negen maanden om terug te keren in oude staat. Maar nu zijn die negen maanden om en blijkt alles een leugen. Ik zal zeker nog eens negen maanden nodig hebben om dit in het gareel te krijgen. Ik kijk kritisch naar mijn nieuwe lijf en kom tot de conclusie dat:

- Mijn borsten meer zijn gaan hangen
- Ik een extra vetrol rond mijn middel heb gekregen
- Mijn taille is verdwenen
- Mijn heupen breder zijn geworden

Het enige pluspunt van dit alles is dat mijn bovenbenen dunner lijken omdat ze nu meer in verhouding staan tot de rest van mijn lichaam. Tja.

Maar goed, ware schoonheid zit vanbinnen. Ik schrijf toch zelf altijd in mijn artikelen dat als je je mooi voelt en goed in je lijf zit, je dat ook uitstraalt? Terwijl ik mijn make-up eraf haal en wat heen en weer draai voor de spiegel, denk ik na over mijn gevecht met de kilo's, het spannend houden van mijn relatie en de energie die het me kost om thuis en op het werk volop te presteren. Wat zei de psycholoog ook alweer toen ik overspannen was? Dat ik moet accepteren dat ik niet alles onder controle kan hebben. Dat piekeren veel negatieve gedachten oplevert. Veel irrationele gedachten ook. En dat die me energie kosten. Dat ik de dingen op hun beloop moet laten.

Als ik de kraan van het bad opendraai, begint het me langzamerhand te dagen dat ik misschien juist veel te veel energie steek in gepieker. Misschien moet ik overschakelen op acceptatie. Er moet helemaal geen plan van aanpak komen! Dood aan de lijstjes! Kappen met het neurotische georganiseer!

Ik doe een flinke scheut lavendelolie in het bad, zet de radio aan en laat me langzaam in het warme water zakken. O, dit is rustgevend. Het bad én de gedachte dat ik niet meer hoef te strijden. Ik moet ophouden met die neurotische lijstjes met kilo's afvallen en plannen om mijn seksleven te verbeteren. Ik moet me komende maanden concentreren op mijn werk. Ik moet keuzes maken! Ik kan niet op alle vlakken goed presteren. Ik moet stoppen met me gefrustreerd te voelen. Ophouden neurotisch te doen over Robbert en te denken dat hij vreemdgaat. Ik moet positief in het leven staan, in plaats van me constant lelijk, schuldig en opgejaagd te voelen!

Het klinkt zo eenvoudig. Waarom ben ik hier niet eerder op gekomen? Terwijl ik een extra scheut olie in bad giet, denk ik aan het interview dat ik gisteren hield met een psycholoog voor het artikel over dertigers en hun seksleven. Zij bestreed het idee dat je zin moet maken in seks, dat je moet werken aan je seksleven. Volgens haar is het een kwestie van keuzes maken. Ze vertelde dat het veel voorkomt bij jonge ouders dat het seksleven slecht loopt. Dat het jammer is dat niet meer mensen er open over zijn. Dat ook moderne zorgende vaders veel minder zin hebben, omdat zij ook moe zijn 's avonds. Misschien is dat ook het geval bij Robbert. Misschien houdt hij nog wel van me en gaat hij helemaal niet vreemd? Is hij net als ik gewoon moe? Ze zei ook dat mensen er niet zo over moeten piekeren. Dat ze óf moeten accepteren dat het tijdelijk zo is en blij moeten zijn met de andere nieuwe kanten van hun relatie, óf er serieus aan moeten werken, maar dan ook bereid moeten zijn er veel tijd en energie in te steken.

Ja, het voelt nu al beter. Accepteren in plaats van vechten. *Is dit alles… oehoeoeoe.* Doe Maar wordt gedraaid op de radio. *Een kind een huis een auto en elkaar, ahajaha.* Ja, dit is dus alles. Maar wat geeft het eigenlijk? Wat is er mis met dit alles? Ik heb een man, een kind, een mooi huis en een fantastische baan. Dat niet alles op hetzelfde moment even goed loopt, doet er helemaal niet toe. Robbert gaat heus niet vreemd, hij houdt vast en zeker nog van me. Ik voel me loom en ontspannen worden en zak nog wat dieper in bad. Er hoeft geen plan van aanpak te komen. Ik ga accepteren dat het leven is zoals het is.

Vanaf nu:

- Ga ik niet meer piekeren
- Ga ik me niet meer zorgen maken over de kilo's
- Ga ik genieten van de dingen die goed gaan
- Ga ik uitstralen dat ik me goed voel, waardoor ik er goed uitzie

Even later kruip ik met een opgeruimd gevoel onder het dekbed. Morgen begin ik aan mijn nieuwe leven.

's Ochtends om negen uur stipt meld mijn nieuwe ik zich in badjas bij mevrouw Lekker. Na een *lekker* sapje kan ik de behandelkamer in. Terwijl ik van top tot teen word gescrubd en vervolgens met modder ingesmeerd, probeer ik me te ontspannen. Mmm, dit is best prettig. Als de schoonheidsspecialiste nou even haar mond zou houden…? Nog even volhouden, dan gaat ze weg. Als ze me eindelijk helemaal heeft ingesmeerd (zij kan er natuurlijk ook niets aan doen dat er zoveel vel is om in te smeren), met folie heeft ingepakt en me onder een warme deken heeft gestopt, vertrekt ze met de woorden: 'Dit moet twintig minuten intrekken, maar ik kom over tien minuten even kijken, of wil je dat ik wat vaker kom?'

'Nee hoor, helemaal niet nodig. Ik red me wel.' Blijf gerust weg. Ik lig prima.

Yes! Rust. Het leven is mooi.

Een paar uur later aan de lunch ben ik bijna echt ontspannen. Zou het dan toch nog lukken vandaag? Mijn huid glimt van het goud en de kaviaar. En mijn rug, schouders en nek voelen voor het eerst sinds twee jaar los (ze zijn gemasseerd, veertig minuten lang!). Er wacht me alleen nog een pedicure.

Als herboren verlaat ik om vijf uur het beautycentrum. Ik voel me sloom. Ik wist bijna niet meer hoe dat voelde, complete ontspanning. Nu maar hopen dat dit gevoel de files overleeft.

'Hé Liz, hoe gaat het met je artikel, lukt het een beetje?' Als ik de volgende dag op kantoor ben, komt Jeroen naar me toe. Hij staat achter mijn stoel naar mijn computerscherm te kijken en legt een hand op mijn schouder. Ik voel een klein kriebeltje in mijn buik.

'Ja, ik heb het bijna af. Je had wel een punt hoor, ik heb nog een paar mannen gesproken die vinden dat hun vrouw in een zeurpiet is veranderd sinds er een kind is,' zeg ik, terwijl ik me naar hem omdraai. Hè jammer, hij haalt zijn hand weg.

'Zei ik je toch,' zegt Jeroen grijnzend.

'Maar alle vrouwen die ik sprak zagen het zoals ik: dat mannen zo blijven hangen in hun vertrouwde leventje en moeilijk kunnen accepteren dat dingen anders worden,' voeg ik er met wat leedvermaak aan toe. 'Ik heb trouwens een seksuoloog gevonden die een interessante kijk op de zaak had.'

'Ik ben benieuwd. Mail je het me nog door als je het af hebt?'

'Ja, doe ik. Ik ben nu met de laatste versie bezig. Ik mail het je vanmiddag, goed?'

'Ik vond onze lunch trouwens erg gezellig, moeten we nog een keer doen,' zegt hij, voordat hij terugloopt naar zijn bureau.

'Absoluut!' Nog een keer lunchen met Jeroen. Graag! Snel ga ik verder aan mijn artikel.

KOPIJ/12 DERTIGERSSEKS
Tekst: Elizabeth Dekker

(kop)Man-baan-kind-seks: een onmogelijke combinatie?

(intro) Lieve man, leuke baan, mooi huis, fijne kinderen... de moderne dertiger lijkt het prima voor elkaar te hebben. Toch knaagt er bij velen iets. Want dat seksleven...

(bodytekst) 'Mijn moeder had op haar dertigste vaker seks dan ik,' verzucht Arianne de Vries. Ze is 34, moeder van twee kinderen van drie en vijf en werkt vier dagen per week bij een reclamebureau als accountmanager. Ze woont samen met haar man op een fantastische etage aan een van de Amsterdamse grachten. Arianne lijkt het perfecte leven te hebben. Ze is blij met haar werk, en ze heeft met haar man de zorgtaken eerlijk verdeeld. 'Ik zou dolgelukkig moeten zijn dat we het zo goed hebben, maar toch ben ik niet tevreden. Onze relatie lijkt soms vooral een goed

151

geolied bedrijf en ik blijf me maar afvragen of er niet meer moet zijn. Van een spannend seksleven is absoluut geen sprake meer sinds we kinderen hebben. Als ik in een tijdschrift weer eens lees dat de gemiddelde Nederlander het 2,5 keer per week doet, word ik helemaal zenuwachtig. Want daar komen wij bij lange na niet aan. Een keer in de drie maanden is op het moment al veel. Ik weet niet goed wat ik daarvan vind. Aan de ene kant vind ik dat ik me er niet druk om moet maken. We hebben het goed samen en het gaat prima zo. Maar aan de andere kant ben ik er toch veel mee bezig. Straks ben ik oud en verschrompeld en kan ik er niet meer van genieten, heb ik dan geen spijt dat ik zo weinig heb gesekst? En hoe zit het met Tim, mijn man? Hij doet ook weinig moeite meer in bed, en ik vraag me altijd af of dat komt omdat hij ook zo moe is. Of zou hij zich niet meer tot me aangetrokken voelen? Of vreemdgaan?'

Het verhaal van Arianne staat niet op zichzelf. Sinds vrouwen niet meer vanzelfsprekend voor de kinderen zorgen maar ook een drukke baan hebben, lijkt het seksleven van de gemiddelde Nederlander flink te lijden te hebben. Hoewel uit elk onderzoek telkens maar weer blijkt dat de gemiddelde Nederlander 2,5 keer per week seks heeft, levert een rondje in de vriendenkring al snel iets anders op. Vrienden die er eerlijk voor uit durven te komen, geven aan allemaal te kampen met hetzelfde probleem. De seks is niet meer wat het geweest is als er eenmaal kinderen zijn. Te weinig energie, te weinig passie, te weinig alles.

(tussenkop) Hoe zit het met de mannen?
Hoewel er weinig mannen zijn die het willen toegeven, lijkt het verminderde libido ook bij mannen met jonge kinderen een rol te spelen. Bas de Vries (36, vader van drie kinderen onder de vijf jaar) durft – onder pseudoniem – wel zijn verhaal te doen. 'Hoe fijn ik het ook vind om kinderen te hebben, het heeft onze relatie flink op zijn kop gezet. Wij zijn zogenaamd van die moderne ouders. We hebben allebei een carrière, werken beiden vijf dagen en zijn in onze vrijetijd druk met de kinderen. Beiden, want we

hebben besloten dit helemaal samen te doen. Maar dat betekent dat ik net zo vaak moe ben of hoofdpijn heb als mijn vrouw. Ik ben ook blij als ik eindelijk in bed lig en merk dat de seks samen erg op het tweede plan is gekomen. Het klinkt misschien lullig, maar ik sla net zo lief even de hand aan mezelf, dan ben ik sneller klaar en kan ik gaan slapen. Deze jaren zijn tropenjaren, dat heb ik onder ogen gezien en geaccepteerd. Ik heb er vrede mee dat we het weinig doen.'

Ook Peter van Voort (38, vader van een zoon van een jaar) geeft aan minder zin te hebben sinds er kinderen zijn. Bij hem zit er echter een andere reden achter. 'Als ik heel eerlijk ben, denk ik dat het komt omdat mijn vrouw flink is veranderd sinds we kinderen hebben. Ik houd nog steeds erg veel van haar, maar ze is niet meer die spontane, nonchalante en relaxte meid die ze was toen ik haar leerde kennen. Na een dag gezeur over wat ik niet goed heb gedaan en gestress met haar lijstjes en planningen kan ik vaak niet ineens omschakelen in bed. Ze is fantastisch met de kinderen, maar misschien is dat ook precies het probleem. Ik zie haar meer als moeder en carrièrevrouw dan als spannende minnares. Ik sluit dan ook niet uit dat ik binnenkort vreemdga als het zo blijft.'

(tussenkop) Accepteren?
Seksuologe en psychologe Maartje van Weringen krijgt regelmatig stellen van in de dertig in haar praktijk bij wie de seks – vooral na het krijgen van kinderen – op een laag pitje is komen te staan. Maartje: 'In de eerste gesprekken probeer ik er altijd achter te komen in hoeverre dit een probleem is voor één of beide partners. Soms leidt het slechte seksleven echt tot relatieproblemen, omdat de een wel wil en de ander niet, maar regelmatig komt het ook voor dat beide partijen minder zin hebben. Ik probeer ze dan te laten zien dat dat geen probleem hoeft te zijn. Kleine kinderen vreten energie. Ik denk dat meer stellen moeten accepteren dat de seks daar een paar jaar onder te lijden zal hebben. Dat is niet iets waar je je per se druk over hoeft te maken. Als er in de media een reëlere weergave zou zijn van hoe vaak men-

sen het doen, zou dat een stuk helpen. Dat zou bij velen het schuldgevoel en het idee dat er wat mis is in je relatie als je een paar jaar minder zin hebt, wegnemen. Twee keer per jaar goede seks is beter dan het elke week doen omdat je nou eenmaal het gevoel hebt dat het moet. Dit geldt natuurlijk alleen als beide partners zich hier in kunnen vinden.'

(tussenkop) Verschillende wensen

Want ja, wat doe je als de een vaker wil dan de ander? Leidt dat niet tot frustraties en zelfs vreemdgaan en lopen daar uiteindelijk niet heel veel relaties van dertigers op stuk in deze tijd? Maartje: 'Ja, als de behoeften van beide partners erg uiteenlopen heb je inderdaad een groter probleem. Als dat het geval is, bespreek ik met het stel wat er eigenlijk aan de hand is. Want vaak is het geen zin hebben in seks niet het probleem op zich. Als je wilt kun je zin maken. Je moet daar allebei tijd en energie in steken. Zeker als je kinderen hebt, kom je niet meer zo vaak zomaar in een situatie waarbij je allebei opgewonden bent. Het spannende van het begin van de relatie is eraf en het spontane is onmogelijk geworden omdat de kinderen meestal in de buurt zijn. In gesprekken komt vaak naar voren dat de partners teleurgesteld zijn in elkaar en het daardoor niet kunnen opbrengen om er die tijd en energie in te steken. De man vindt vaak dat zijn vrouw, om het grofweg te zeggen, is veranderd van vlotte, gekke vriendin in een zeurende moeder die altijd moe is, de vrouw vindt vaak dat de man te weinig doet. Onbewust zit er bij haar vaak toch iets achter als "als jij in het huishouden en met de kinderen zo weinig doet, moet je daar 's avonds in bed maar voor boeten". Vaak helpt het al als beide partners uitspreken wat hun verwachtingen zijn. Ze moeten serieus kijken naar wat ze in hun dagelijkse leven kunnen veranderen. Als dat op orde is, kunnen ze samen iets gaan doen aan hun seksleven. Het klinkt wellicht simpel, maar vaak is het een kwestie van af en toe een weekend met z'n tweeën plannen, wat vaker samen een avondje weggaan en elkaar verrassen met een cadeautje of de kaarsen eens aansteken en de tv uitdoen. Als mensen willen, komen ze er absoluut uit.'

Man-baan-kind-seks. Het hoeft dus geen onmogelijke combinatie te zijn. Als je wilt, kun je je seksleven verbeteren, maar dan
moet je er wel de nodige tijd en energie in steken en samen op
een rijtje zetten wat er is veranderd in je relatie en elkaar sinds de
kinderen er zijn. Is die tijd en energie er echter niet en heb je allebei minder zin, stop dan met je druk te maken.

Accepteer dat je je energie voor iets anders gebruikt. Zoals je
keuzes maakt tussen wel of geen kinderen, werken of niet werken, slapen of een film kijken, zo kun je ook (tijdelijk) de keuze
maken tussen wel en niet seks. Maar laten we er dan eerlijk over
zijn. Vertel in je vriendenkring dat je het maar één keer per
maand, halfjaar of jaar doet. Als we allemaal zouden accepteren
dat dat ook geen punt is, zou dat heel wat relaties redden.

Zo, mijn laatste verhaal is af. Wel een confronterend artikel.
Vooral dat verhaal van Arianne kwam me bekend voor. Via-
via kwam ik bij haar terecht en ze vertelde heel open over
haar relatie. Als interviewer moest ik natuurlijk afstand
houden, maar ik wilde de hele tijd roepen: 'Ja, dat heb ik
ook!' Ik hoop dat anderen ook wat hebben aan de suggestie
om het leven te accepteren zoals het is. Sinds ik dat twee dagen geleden heb besloten, voel ik me een stuk rustiger. Vanaf
nu kan ik me volop concentreren op mijn werk. Ik ben blij
dat het artikel af is. Weer iets dat ik van mijn lijstje kan stre-
pen. Ik moet komende tijd echt een betere verdeling zien te
vinden tussen beautyactiviteiten en cheftaken. Mijn hoofd
loopt over. Ik moet nog vier stukken uitzetten bij freelancers, een column bespreken met de schrijfster (oftewel zeggen dat ze overnieuw moet beginnen), een nieuwe rubriek
bedenken en een freelancer zoeken voor de (weer in te voeren wegens advertentiebelangen) autorubriek. En dan heb
ik ook nog volgende week twee dagen vrij genomen omdat
we een lang weekend naar de Ardennen gaan. Komt slecht
uit nu. Het ziet er ook niet naar uit dat ik in dat weekend kan

opladen, want we zijn met drie vrienden van Robbert en hun partners plus zeven kinderen. Gaan we eindelijk een weekendje weg, zijn we met z'n vijftienen. Zou *quality time* met meerdere gezinnen ook tellen als werken aan je relatie?

MAAND 10 NA BEVALLING
*Schuldgevoelens over: te weinig seks, te weinig tijd, te
vaak moe, te druk op werk, te alles.
Irrationele gedachte: ik wil rust!
Vervangen door: ik wil rust! (dit is echt geen
irrationele gedachte)*

Ik heb het helemaal gehad. Mijn hoofd loopt over en ik sta
op het punt om compleet in te storten. Ik ben soms zo moe
dat ik in de auto bijna in slaap val, kan niets meer hebben
van Tara (op welke leeftijd gaat een kind lief in een hoekje
zitten kleuren zodat ik tijd heb voor mezelf?) en kan me nergens meer op concentreren. Zelfs niet op het pakken voor
het komende Ardennen-tripje.

Mijn nieuwe leven valt tegen. Eigenlijk is het gewoon niet
gelukt. Mijn nieuwe ik heeft het na een week opgegeven.
Heeft zich weg laten drukken door mijn oude ik. Ik kan mezelf niet voor de gek houden. Wat me daar in dat geurende
lavendelbad op de Veluwe nog van een briljante eenvoud
leek, is allang weer overschreeuwd door de dagelijkse romp-
slomp. Ik maak me wél zorgen over de kilo's, ik maak me wél
zorgen over onze relatie en ik maak me ook zeker zorgen
over de seks. Die psycholoog kan de pot op. Seks is wél belangrijk. Ik wil dat Robbert me weer mooi en sexy vindt en
dat hij niet van me af kan blijven. Ik wil dat hij me harts-
tochtelijk zoent als ik thuiskom en me naar de slaapkamer

sleurt. Ik wil hem weer opwachten in mijn pikantste setje en overdonderen met mijn initiatieven. Ik wil dat het weer net zo is als in het begin. En ik wil slank zijn. Ik wil komende winter niet opnieuw alles in maat 42 hoeven kopen. Ik wil zo'n elegant shirtje van Vanessa Bruno. Ik wil net zo'n strakke heupspijkerbroek als onze chef-mode met haar jaloersmakende maatje 36. Ik wil ook een minirok dragen met een gekleurde panty eronder. Kortom: de frustraties zijn terug, het gepieker is terug, de problemen zijn terug. Alles is terug. Welkom terug in het hoofd van Elizabeth Dekker, fijn dat u allen kon komen!

Rompers, shirts, spenen, babyfoon niet vergeten. Verdomme, ik had een lijstje moeten maken. Maar zelfs daar heb ik geen tijd voor gehad. Waarom pakt Robbert niet de spullen voor Tara in? Mannen missen een regel-gen, zeggen ze, maar ik vraag me af of dat echt waar is of dat ze pas aan het regelen slaan als er wat meer eer aan te behalen valt. Feit is dat als ik Robbert vraag de tas van Tara te pakken, hij om de vijf minuten komt vragen wat er allemaal mee moet. Bovendien moet ik dan toch nog de tas controleren voordat we de deur uitgaan. Ik kan het dus sneller zelf doen. Knuffel, slaapzak, badschuim, badspeeltjes. Hoeveel speelgoed moet er mee? Niet zo veel natuurlijk, de anderen pakken vast ook van alles in.

Nu mijn eigen spullen nog bij elkaar zoeken. Zal ik iets sexy's mee nemen? Qua mogelijke seksoptie? Met z'n allen in een huis is niet een echt stimulerende omgeving voor seks. Toch maar het roze/rode Chantelle-setje mee voor de zekerheid. Een warme pyjama of een kanten niemendalletje? Als het aan mij ligt, slaap ik daar vier dagen. Ergo: warme pyjama. Waarom wilde ik ook alweer een weekend weg? Ik wil thuisblijven. Laat Robbert maar gaan met Tara. Dan heb ik vier hele dagen voor mezelf. Met mijn eigen spullen op mijn eigen bank. Alle afleveringen van ATWT zien die ik heb gemist. En slapen, vier dagen in bed. Wat een zaligheid!

We zijn er. Ik ben (natuurlijk) blij dat ik ben gegaan. Tara heeft zich voorbeeldig gedragen in de auto. Simone en Robin zijn er al met de kinderen. Peter en Astrid belden net dat ze in de buurt zijn. Karen en Wouter komen later.

We lopen naar binnen en struikelen in de hal bijna over een eikenhouten ladekastje. In de woonkamer aangekomen zien we dat het huis vol staat met dit soort meubels. Groot, bruin en grof. De kamer lijkt er piepklein door. God, gruwelijk. Maar ik weiger mijn net hervonden goede humeur erdoor te laten verpesten. Laat ik het positief bekijken, het heeft ook iets gezelligs. Met die bruine banken, geelbruine muren, ouderwetse landschapschilderijen aan de muur, en een ton goede wil, kun je het best rustgevend vinden. Bovendien brandt het haardvuur al en staat er een fles port op tafel.

We nemen onze intrek in de grootste kamer (sorry, ik ben te moe om bescheiden te zijn), die, in tegenstelling tot de overdaad beneden, nogal kaal is ingericht. Er staan twee eenpersoonsbedden in, die Robbert tegen elkaar begint te schuiven. Nou nou, heeft hij plannen? Terwijl ik probeer het campingbedje op te zetten, is Tara enthousiast heen en weer aan het kruipen. Zij vindt het hier prima.

Als we weer beneden zijn, zet ik Tara in de kinderhoek met een stapel speeltjes op een boxkleed en schenk voor ons een glas port in. Een uur later is iedereen gearriveerd en nestelen we ons met wijn, port, toastjes en kaas rond de open haard. De kinderen zitten inmiddels met chips voor de tv, de kleintjes hebben een rijstwafel, en wij proberen een gesprek te voeren. Wie had vijf jaar geleden gedacht dat we hier ooit zo met z'n allen zouden zitten? Allemaal gesetteld, allemaal kinderen. Bijna dan. Peter en Astrid nog niet. Ze twijfelen, want ze zijn zo gehecht aan hun vrije leventje. Ik kan het me levendig voorstellen. Maar over kinderen kun je geen rationele afweging maken. Hoe vaak ik het afgelopen jaar ook heb gedacht 'waar ben ik aan begonnen?', ik zou niet meer zonder Tara willen leven. Ik ben blij met mijn meisje. Gewoon, omdat ze er is.

'Verandert het nou echt iets in je relatie, zo'n kleintje? Ik hoor dat zo vaak, Liz, maar wat verandert er dan precies?'

Astrid gooit meteen de vraag eruit waar ik geen zin in heb dit weekend. Ik houd mijn antwoord luchtig. 'Oh, ik weet niet, het is anders, maar ook weer niet. Je moet meer rekening houden met wie wanneer wat wil doen. Wat vind jij Robbert?' speel ik de vraag handig door. Geen goed plan.

'Er is wel wat veranderd natuurlijk,' zegt hij botweg.

'Hoezo, wat vind jij dan zo anders?' reageer ik bits. Heel fijn, als ik thuis een goed gesprek wil is er niks aan de hand en stuur ik het er te veel op aan, en als ik hier niet onmiddellijk het achterste van mijn tong wil laten zien, moet Robbert ineens open en oprecht doen.

'Gewoon, jij bent veranderd en ik waarschijnlijk ook. Jij bent vaak moe, ik ben zelf ook vaker moe en het leven is meer een sleur.'

Zo, dat is lekker.

'Ja logisch, we moeten rekening met haar houden. Maar verder ben ik toch niet veranderd? En onze relatie is toch niet heel anders geworden?' zeg ik poeslief, maar met een dwingende ondertoon. Zelfs Robbert zal deze hint toch wel snappen? Nee dus. Waar is de tijd dat we elkaar perfect aanvoelden?

'Ik vind van wel. Je praat over andere dingen samen, je doet andere dingen. Het voelt ook anders. Ja, ik denk dat er veel verandert als je een kind krijgt.'

Hallooo! Dit is irritant, zeg! Ineens moet hij melden dat ik veranderd ben en dat het zo'n effect heeft op onze relatie! Mijn humeur duikt een peilloze diepte in. Ik wil het hier niet in de groep over hebben. Sowieso wil ik het hier niet over hebben dit weekend. Ik ben moe! De port hakt erin. Ik wil slapen. Beheerst laat ik weten dat ik Tara naar bed ga brengen. Dan kan ik zelf stiekem ook een halfuurtje slapen onder het mom van 'een poosje bij Tara blijven tot ze slaapt'.

Even later heb ik Tara boven in haar campingbedje gelegd. Ze was doodmoe en is gelijk in slaap gevallen. Ik ga zelf ook op bed liggen, want ik heb geen bal zin om naar beneden te gaan. Dat stomme gezeur over relaties en wat er veranderd is. Ik heb ontzettend de pest in over Robbert. Zulke dingen moet je eerst samen bespreken, vind ik, voordat je er met vrienden over praat. Ik doe mijn ogen dicht. Ik wil niet meer nadenken. Ik wil rust.

Als ik een uurtje later beneden kom, is de tafel al gedekt en wordt er net een grote dampende pan soep op tafel gezet. Lullig, ik heb helemaal niet geholpen. Morgen maak ik alles goed, neem ik me voor.

Ik werp een chagrijnige blik op Robbert als hij mijn bord vol schept. Die lijkt helemaal niet door te hebben dat ik boos op hem ben. Net als ik de eerste hap in mijn mond stop, begint Tara te huilen. Ik zet de babyfoon zachter, maar het lijkt er niet op dat ze binnen afzienbare tijd stil zal worden en Robbert lijkt geen aanstalten te maken om naar boven te gaan. Zuchtend loop ik weer de trap op. Tara is ontroostbaar en blijft maar huilen. Verdomme, ik wil eten. Waar blijft Robbert? Laat hij Tara maar troosten!

Na dik een kwartier ga ik weer naar beneden. Tara huilt nog, maar Robbert is ook boven gekomen en die denkt dat we haar even moeten laten huilen.

22.00 uur: Tara is stil. Maar waarschijnlijk omdat ik haar vasthoud en al een kwartier aan het wiegen ben.

23.30 uur: Tara slaapt weer. Ik kan naar beneden.

23.45 uur: Tara huilt weer.

00.00 uur: Help, wat is er aan de hand? Dit belooft een rotnacht te worden. Tara voelt warm. En ze wordt telkens wakker en huilt dan ontroostbaar. Ik ga in bed liggen en neem haar bij me. Is ze bang?

07.00 uur: Wat een rotnacht. Tara is ziek. Ze gloeit, heeft

nauwelijks geslapen en huilt de hele tijd. Ik ga een stukje met haar wandelen. Misschien dat ze in slaap valt en daar wat van opknapt.

13.00 uur: We zitten in de auto op weg naar huis. Tara is ziek. Robbert is chagrijnig. Ik ben doodop. Over drie uur zijn we thuis. Hopelijk voelt Tara zich dan beter en gaat ze eindelijk slapen. En ik ook. Het weekendje weg is verpest. Dat is duidelijk.

Eenmaal thuis blijkt dat Tara echt ziek is. Ze heeft dik veertig graden koorts. Ik geef haar een zetpil, een schone luier en wieg haar in slaap. Poeh. Rust. Als ik beneden kom, ligt Robbert languit op de bank.

'Had je ondertussen niet vast de auto kunnen uitladen?' zeg ik geïrriteerd.

'Ik ben moe van het rijden en doe even niets,' antwoordt Robbert vastbesloten.

'Lekker, dat willen we allemaal wel.'

'Nou, dan doe jij toch ook even niets?'

'Als we allebei niets doen, gebeurt er hier nooit iets.'

'Houd eens op met dat gezeik. Ik ruim straks de auto uit. Nu ben ik moe.'

Ik ontplof na die opmerking. 'Ja, hoe denk je dat ík me voel? Volgens mij ben ik er vannacht heel wat vaker uit geweest dan jij. En ik was al supermoe!'

'Ik heb net drie uur gereden. En dat je moe was, is je eigen keus. Jij wilt toch zo graag chef-redactie zijn.'

Ik wist het. Ik wist het!

'Beginnen we daar weer over. Fijn. Ik dacht dat we daar samen uit waren. Het zou prettig zijn als je me in een eenmaal genomen beslissing steunde. En nu we toch zo'n goed gesprek hebben, wil ik ook nog kwijt dat ik het helemaal niet oké vond dat je tegen Astrid zei dat ik veranderd ben. Waar sláát dat nou op? Toen ik je laatst vroeg of ik een kreng was geworden, zei je van niet, en nu kom je ineens met de stelling dat ik anders ben geworden en dat onze relatie zo is veranderd. Zou je dat niet eerst met míj bespreken voordat je zulke dingen aan onze vrienden vertelt?'

'Doe niet zo moeilijk. Astrid vroeg ernaar, dan geef ik een eerlijk antwoord. En ik heb toch niet gezegd dat ik je een gefrustreerd kreng vind? Ik heb alleen gezegd dat je anders bent. Dat je veel met Tara bezig bent. Dat is toch ook zo? En het is toch ook anders? Je bent vaak moe en we leven erg langs elkaar heen de laatste tijd.'

'En komt dat door mij of door jou?!' roep ik geëmotioneerd. 'Jíj zit 's avonds alleen nog maar te zappen op de bank. Of je gaat met je vrienden weg. Of je zit op de computer dubieuze sites te bekijken. Je komt nooit eens met een voorstel om samen iets leuks te doen.'

'Wat heeft het voor zin om iets te bedenken als jij altijd bekaf bent! Ik heb niet bepaald het idee dat jij ook maar érgens energie voor hebt. Je bent thuis voortdurend chagrijnig. Een normaal gesprek is er niet te voeren met jou. Je hebt het alleen nog maar over Tara.'

'Nee, jíj bent een echte bron van inspiratie in een gesprek! Je zegt nooit wat en je wilt nooit wat. En een knuffel is er ook nooit meer bij. Laat staan seks. Ik weet het heus wel, dat je vreemdgaat. Zo ging het ook bij Eelke. Zij druk met de kinderen, hij een andere relatie. Vertel het me nou maar. Je hebt me al maanden nauwelijks aangeraakt!' schreeuw ik hysterisch.

'Jezus. Wat ben je toch een neurotische trut. Waar slaat dat nou weer op? Alsof jíj zoveel initiatief toont in bed.'

Robbert is nu echt boos. Dat zie ik aan zijn neus. Als zijn neusvleugels beginnen te trillen is het meestal goed mis.

'Ja, lul er maar overheen. Ik vraag of je een vriendin hebt. Wie is het? Die Chantal zeker?' Hoe goed geïsoleerd zijn de wanden hier? Mijn gekrijs moet mijlenver te horen zijn.

'Natuurlijk heb ik geen ander. Doe niet zo belachelijk.' Robbert blijft rustig, wat op mij werkt als een rode lap op een stier. En hij draait zijn hoofd weg. Ha, een teken dat hij liegt!

'Kijk me dan aan als je dat zegt! Ik geloof er niets van! Je…'

Bleèèr. Verdomme. Tara weer wakker.

Met grote passen stampt Robbert de kamer uit, de trap op.

Ik begin te huilen. Ik baal van alles. Ik mis ons oude leven. De gein samen. De gewone dingen die we deden. Zomaar even de kroeg in of langs het strand lopen. Maar misschien mis ik nog wel het meest het gevoel dat Robbert om me geeft. Ik vind mezelf heel erg zielig. Na een paar minuten gesnikt te hebben, loop ik ook naar boven en werp een blik om de hoek in Tara's kamer. Robbert zit met Tara tegen zich aan in de grote stoel. Ik gebaar naar hem dat ik ga slapen, loop naar onze kamer, trek mijn kleren uit en huil mezelf in slaap.

De volgende dag doen we of er niets aan de hand is. We zijn druk met Tara. Ze heeft nog steeds koorts en wil niet drinken. Ik probeer in de medische kinderencyclopedie uit te vinden wat het kan zijn. Het zal toch niet… zijn dit nou symptomen van hersenvliesontsteking? Al die ziekten lijken op elkaar. Hoe weet ik nou het verschil tussen een griepje en hersenvliesontsteking? Als Tara twee uur later nog niet wil drinken en versuft is, wil ik niet langer wachten. Robbert denkt dat het onzin is, maar ik wil naar de huisarts. Zwijgend zitten we naast elkaar in de auto en zwijgend wachten we in de wachtkamer. Gelukkig zijn we snel aan de beurt. De dokter onderzoekt Tara en zegt dat er niets aan de hand is. 'Gewoon een griepje.'

'Zie je nou wel,' zegt Robbert als we weer naar de auto lopen. Ik houd mijn kleine meisje stevig vast en geef geen antwoord. Als Tara beter is, stap ik op, neem ik me voor. Ga ik met Tara op een flatje wonen. We hebben Robbert helemaal niet nodig. Laat hij maar bij zijn minnares gaan wonen.

's Avonds zit ik alleen op de bank. Robbert is een stukje rijden. Op de motor. De motor die hij uiteindelijk dus toch heeft gekocht. Egoïstische zak. Kom op Liz, spreek ik mezelf even later toe. Zo erg is het niet. Gewoon een flinke ruzie, die we binnenkort moeten uitpraten. Morgen kan ik weer gewoon naar mijn werk. Als Robbert tenminste bij Tara wil blijven. Ik kan echt niet thuisblijven nu, dat moet hij maar begrijpen. Volgende week moet ik ook al drie dagen naar Italië voor de lancering van een nieuwe crème. Het belooft een superdeluxe trip te worden. Ik heb extra uren gekocht op de crèche zodat Tara eerder kan komen en langer kan blijven. Wel lullig dat Tara dan meer dan tien uur per dag op de crèche zit. Straks gaat het vast beter als ik definitief chef ben en met de beautytaken kan stoppen.

Myrna neemt volgende maand het besluit of ze weggaat en per wanneer. Dan zou ik dus fulltime chef kunnen worden. Ik moet er natuurlijk wel eerst met Robbert over praten en er zelf nog eens goed over nadenken. Want als het zo door blijft gaan tussen Robbert en mij, loopt het allemaal fout.

Daar sta ik dan. Met een enorme vuilniszak over mijn Zara-outfit in de stromende regen te wachten op een taxi op Sicilië. Vanmiddag zijn we hiernaartoe gevlogen. Nederland lijkt heel ver weg. De mensen zijn mooi. De winkels duur. De mannen knap. Maar toch heb ik het helemaal gehad. Het regent! Het giet! Het hoost! Daar staan we dan – wij beautypers, wij door-en-door-verwende-cosmeticajournalisten – allemaal in vuilniszakken bij de taxistandplaats. Als ik niet zulke natte voeten had, zou ik er om kunnen lachen. *So much* voor het *glamour*gevoel.

Ik durf het bijna niet toe te geven, maar eigenlijk wil ik het liefst naar huis. Ik verschoon nog liever de hele dag luiers dan dat ik nog langer hier in de regen moet staan. Deze reis wilde ik uitrusten. Bijkomen van het mislukte Ardennentripje en de dagen thuis met een zieke Tara. Ik wilde me flink laten verwennen. Maar de rust is ver te zoeken. Ik ben dood-op van de reis en het drukke programma. Bovendien ben ik minstens vier kilo aangekomen van al het eten. Ik sleep me van lunch naar diner en moet telkens opnieuw bedenken wat ik in 's hemelsnaam nu weer aan moet trekken.

Nou, kom op Liz. Verman je. Als ik een uur later onder de douche sta, nadat ik mijn doorweekte kleren van mijn lijf heb gepeld, neem ik me voor niet meer zo blasé te doen. Wat ben ik toch een trut. Alsof een beetje regen erg is. Ik zit wel in Italië! In een hotelkamer met uitzicht op zee!

De volgende dag voel ik me een stuk beter. Wat een nacht-je slapen niet kan doen. Het hotel is prachtig en heeft een adembenemend uitzicht omdat het boven op een rots is ge-bouwd. En de zon schijnt! Er zitten hier blaadjes aan de bo-men. Dit is heel wat beter dan de gure buien in Nederland. Als ik de eetzaal binnenloop, hoor ik zachtjes een ober flui-ten als ik langsloop. Een andere ober kijkt ook om. En de ober die mijn bestelling komt opnemen, geeft me een knip-oog. Heerlijk. Dat was ik bijna vergeten. Italiaanse mannen weten wat sjansen is. Ze weten hoe ze een vrouw een goed gevoel moeten geven. De rest van de dag – een korte presen-tatie over de nieuwe crème, veel tijd om te winkelen, een uit-gebreide lunch en een bezoek aan een museum – gaat het zo door: de Italianen maken mijn hele leven weer goed. Ze flui-ten, ze knipogen, ze kijken diep in mijn ogen als ze mijn soep serveren, ze zeggen *bellissima*. Noem het simpel, noem het naïef, maar ik voel me weer mooi.

In het vliegtuig terug denk ik na over de ruzie met Rob-bert. We moeten het er echt binnenkort over hebben. Maar waarom moet ík er nou weer over beginnen? Als ik niets zeg, begint Robbert er vast niet meer over. Waarschijnlijk omdat hij niet nog een keer in mijn gezicht wil liegen over dat vreemdgaan. Ik word zo moe van dit leven. Moet ik ingrij-pen of wachten tot het beter gaat? Moet ik doordrammen tot ik de waarheid weet of het een tijdje laten rusten? Ik sla

Psychologie Magazine open. Dat heb ik op de heenreis gekocht omdat er een artikel in staat over jaloezie. *Jaloezie is
een reactie op een echte of ingebeelde bedreiging van een lief-
desrelatie. De manier waarop iemand tegen intimiteit aankijkt, de mate van afhankelijkheid in een relatie of het gevoel
van eigenwaarde kunnen jaloerse gevoelens in de hand werken.*

Wat een rotartikel. Ik heb helemaal geen gebrek aan eigenwaarde en ben ook niet afhankelijk van Robbert. *Jaloerse
mensen zijn niet alleen bang om te worden verlaten, ze vrezen
ook als persoon te falen.* Nu wordt het nog gekker. Proberen
ze me ook nog faalangst aan te praten. Ze snappen er niets
van. Volgens mij komt mijn jaloezie voort uit een oerdrift
om mijn gezin bij elkaar te willen houden. Ik wil dat Tara
opgroeit in een gezin met vader en moeder. Logisch toch dat
ik Robbert controleer?

Ik weet dat ik het beter niet kan doen, maar ik maak toch
de test bij het artikel met als kop *Bang dat je liefste vreemdgaat?* Ik scoor op alle fronten hoog en blijk enorm reactief
jaloers te zijn, bovengemiddeld angstig jaloers en heb bijna
de maximumscore op het gebied van de preventieve jaloezie. Belachelijke test. Ik ben gewoon gezond jaloers. Weg
met dat stomme blad.

Tijd voor de *Cosmo*. Ha, ook hier staat een test in: *Hoe
groot is de kans dat jij vreemdgaat?* Zal ik zélf vreemdgaan?
De aandacht van de Sicilianen heeft wel wat aangewakkerd.
Als Robbert me niet meer mooi vindt en geen aandacht
geeft, moet ik het gewoon elders zoeken. Jeroen flirt nog
steeds met me op de redactie. Of is het mijn verbeelding die
met me aan de haal gaat? De vragen uit de test beginnen
grappig. *Fantaseer over je meest perfecte dag. Komt je partner
er ook in voor?* Hier ga ik natuurlijk voor antwoord c: *Nee,
als je dan toch mag fantaseren, doe je het ook goed. Brad Pitt
mag hem wel vervangen!* (Welke doos antwoordt nou hierop
met a: *Absoluut, zonder hem zou het niet perfect zijn.*) Vraag

16 is flink confronterend. *Is de seks nog steeds zo goed als in het begin?* Hier moet ik toch helaas met D op antwoorden: *Nee, de seks wordt steeds minder en daar ben je niet blij mee.* Bij vraag 18 moet ik slikken. *Wanneer heeft je partner je in bed voor het laatst een compliment gegeven?* Ik kan het me niet eens meer herinneren. Een compliment is sowieso lang geleden. Laat staan in bed. Mijn eindscore is weliswaar niet verrassend, maar stemt evengoed niet vrolijk: *Als je op dit moment een relatie hebt, kun je het gevoel hebben dat je iets mist. Er is een afstand tussen jullie en dat maakt je onzeker. Deze gevoelens moeten besproken worden, voordat het te laat is.*

Vanavond gaat dat niet meer lukken, dat gesprek. Ik zal blij zijn als ik in mijn eigen bed lig en kan slapen.

MAAND 11 NA BEVALLING
Schuldgevoelens over: te weinig met Tara gespeeld,
voornemen vreemd te gaan.
Irrationele gedachte: dit kan ik niet maken.
Vervangen door: dit heb je verdiend.

Leiden 2001. 'Ik weet wel dat het niet jouw favoriete onderwerp is, maar kunnen we het nu toch een keer over kinderen hebben?' Ik kruip tegen Robbert aan in bed en sla een been over zijn been. Robbert is niet blij (met mijn been of het onderwerp?) en zucht diep...

'Een keer? Volgens mij is dit al de vierde keer deze maand.'

'Nee, echt niet, ik heb het er deze maand nog niet over gehad. En vorige maand kapte je het gesprek af omdat je er toen geen zin in had.'

'Oké, laat maar horen. Jij wilt graag kinderen.'

'Daar komt het op neer. Maar jij nog niet hè?'

'Nee, ik nog niet. Als je dat al weet, waar moeten we het dan over hebben?'

'Nou, wannéér jij het wilt.'

'Alsof ik dat weet! Ik kan het je nog een keer uitleggen, ik zit niet zo in elkaar als jij. Ik plan mijn leven niet zo.'

'Maar ik word ook ouder. En je weet nooit hoelang het duurt voordat het lukt.'

'Je bent 31, waar maak je je druk over?'

'Bijna 32. En ik wil ook graag een jonge moeder zijn.' Ik leun op mijn ellebogen en buig me over hem heen om in zijn ogen te kijken. 'Zou het niet fantastisch zijn, zo'n kleintje van ons samen? Het lijkt me zo super, een mini-Liz of mini-Robbert. Dan gaan we met hem of haar wandelen in het bos op zondagen. En in de zomer gaan we naar het strand, een wijntje drinken terwijl de kleine druk in de weer is met een emmertje en schepjes en zand. En we gaan af en toe met andere stellen met kinderen een weekend weg en maken een boomhut in de tuin.'

'Volgens mij stel jij je het echt te romantisch voor. Kinderen zijn ook veel slapeloze nachten, gestress en gedoe. Voor je het weet is je relatie naar de maan. Dat zie je bij Eelke, het gaat bepaald niet lekker met Olaf en haar, zei je laatst zelf nog.'

'Ach nou, dat zal wel loslopen. Natuurlijk is het ook een beetje moeilijk soms. Maar wij gaan het heel relaxed doen. Wij worden modelouders met een lief en gemakkelijk kind. Echt hoor, ik weet zeker dat als je het goed aanpakt, het allemaal niet zo zwaar hoeft te zijn. Wil je er alsjeblieft komende weken over nadenken? En mag ik dan volgende maand vragen of je er al uit bent?'

Terwijl ik onder de douche stap na een opnieuw te drukke werkdag, vraag ik me af of het mogelijk is om elf maanden na de bevalling nog een postnatale depressie te krijgen. Als dat zo is, dan heb ík er zeker één. Wat dacht ik vroeger toch gemakkelijk over kinderen krijgen. Ik heb het veel te veel geromantiseerd. Heeft Robbert me daar destijds al niet voor gewaarschuwd? Tara is momenteel reuze vervelend en wil de hele dag vermaakt worden. Ze probeert te lopen en als dat niet lukt, gaat ze krijsen en janken. Ze hoeft het toch niet op mij af te reageren? Kan ik het helpen dat ze nog niet kan lopen? Ik ga op het krukje in de douchebak zitten en laat mijn nek masseren door de hete stralen.

God, die schreeuwpartij van gisteren. Ik probeer heus een goede, begripvolle moeder te zijn. Ik vertel haar elke dag dat dat lopen ooit gaat lukken. Ik probeer geduldig te zijn. Maar toen ze gisteren weer jankend aan mijn been stond te trekken, heb ik teruggeschreeuwd. Dat ik er genoeg van had, dat ze zich niet moest aanstellen, niet om alles moest gaan janken en nú moest ophouden met dat irritante gedrag. Robbert werd vreselijk boos omdat ik zo tegen haar tekeerging.

Ik zeep mijn lijf in met een verstevigende douchegel van Dove (zal het misschien toch een ietsepietsie werken?) en stel vast dat Robbert en ik dit er nu net niet bij kunnen hebben. Sinds onze ruzie na de Ardennen leven we nog meer langs elkaar heen. We hebben het niet meer uitgepraat. Wat valt er ook te zeggen? We zijn allebei moe van ons nieuwe leven en langzamerhand begint het tot ons door te dringen dat dit het nu toch echt is. Tara gaat niet meer weg. Niet dat ik dat zou willen. Maar het kan toch niet de bedoeling zijn zo verder te gaan? Onze relatie is veranderd in een praktisch overlegorgaan. We stemmen agenda's op elkaar af en 'vergaderen' over Tara. Wie haalt, wie brengt, wie kan het wanneer van de ander overnemen? Ik pieker de hele tijd over hoe het verder moet en kom er zelfs met mijn RET-methode niet meer uit. Ik zou op het moment serieus niet weten wat irrationele en rationele gedachten zijn, dus welke moet ik dan vervangen? Robbert lijkt geen enkele moeite te willen doen om onze relatie te verbeteren. Misschien is hij in zijn hoofd wel op een oplossing aan het broeden, maar deze keer merk ik daar toch echt helemaal niets van.

Zal ik vanavond vreemdgaan? Ben ik me nu aan het voorbereiden op 'de overspelige daad'? vraag ik me af terwijl ik me afdroog. Moet ik me nu al schuldig voelen? Nee, onzin, dat gaat echt te ver. Ik heb nog niets gedaan. Bovendien is schuldgevoel zonde van de pret. Jeroen vroeg vorige week of ik zin had om mee te gaan naar een concert van een of andere singer-songwriter in Paradiso. Hij had twee kaartjes van een vriend gekregen en vroeg me mee nadat hij me had horen discussiëren met een freelancer over een stuk dat ik had afgekeurd. Zij beweerde dat ik het niet goed had gebrieft. Ik zei dat zij het niet goed had begrepen. Het was zo'n gesprek dat ik er echt niet bij kon hebben die dag. Toen ik de telefoon had neergelegd, kwam Jeroen naar me toe lopen, legde een hand op mijn schouder en zei: 'Valt niet mee hè, die koppige freelancers. Maar je legde goed uit wat er schortte aan het artikel.'

Zo'n hart onder de riem had ik net nodig. 'Lief dat je dat zegt, dank je,' zei ik, terwijl ik mijn computer afsloot (ik was in staat het kreng door het raam te mikken van woede, ik had heel veel zin om met iets te smijten, liefst met die freelancer zelf) en mijn spullen boos in mijn tas gooide.

'Het wordt tijd voor een verzetje, mevrouw de chef! Heb je zin om volgende week donderdag mee te gaan naar een concert in Paradiso? Ik heb een kaartje over.'

Voor ik het wist had ik: 'Ja, goed idee!' geroepen. Pas in de auto bedacht ik dat het misschien geen goed idee was om met Jeroen uit te gaan nu het zo slecht gaat tussen Robbert en mij.

Maar nu ben ik om. Ik heb zin in een avond uit en zie wel wat ervan komt. Ik heb recht op iemand die lief tegen me doet. Die me mooi vindt. Die me aandacht geeft. Wat kan mij het schelen, ik doe het gewoon. Ik ga vanavond uit en ga er *smashing* uitzien! Eerst moet ik dat sexy gevoel van vroeger terugkrijgen. Hoe deed ik dat ook alweer? Of was het er altijd vanzelf? O ja, smeren eerst. Een flinke lik Shalimar-bodycrème. Ja, dat ruikt naar verleiding. *Irrationele gedachte: ik ben dik en lelijk. Rationele gedachte: mijn lijf is zacht en sensueel.*

Nu de juiste duw-op-en-snoer-in-middelen bij elkaar zoeken. Borsten in de push-up. Hoe deden ze het vroeger zonder? String aan en vooral niet omdraaien (niets is zo slecht voor je sexy-ego als je eigen putjesbillen in de spiegel zien). Zwarte broek, zwart T-shirt met lage hals en laarzen met flinke punten en enorme hakken. Waarom kunnen die modemeisjes op de redactie hier de hele dag op lopen en ik nog niet een uur?

Tijd voor de make-up. Oh, die wallen. Visagisten zweren bij Touche Eclat van Yves Saint Laurent, maar zelfs dat lijkt nu niet te helpen. Had ik nou maar die liftende oogpads eronder gelegd vannacht. Maar ik was bang dat Robbert argwaan zou krijgen. Hij denkt dat ik een presentatie heb in Amsterdam. Misschien vermoedt hij iets, maar zegt hij er niets van omdat het hem goed uitkomt. Als ik vreemdga, hoeft hij zich ook niet meer schuldig te voelen natuurlijk. Het zeurende stemmetje in mij dat zegt dat ik niet eens zeker weet of hij vreemdgaat, snoer ik de mond. Aan zeurende stemmetjes heb ik vanavond geen behoefte.

Help, ik ben laat. Of was het juist interessant om te laat te komen? Ik ben dat hele geheimzinnige gedoe rond het *daten* een beetje kwijt. Niet dat ik snap waarom ik me er druk over maak. Jeroen wil me vast wel. Hij ziet me niet als nog-net-iets-te-mollige-zorgzame-moeder. Hij ziet een aantrekkelijke, ambitieuze collega. Een vrouw van de wereld.

Check:
- Bikinilijn: geschoren
- Benen: onthaard
- Oksels: geschoren
- Lipgloss: in tas (nieuwste sexy Glam Shine van l'Oréal Paris)
- Mobiele telefoon: in tas (maar uit)
- Condoom: in tas

Ik ben er klaar voor. Zou ik het kunnen? Geen idee. In *Sex and the City* doen ze niet anders, maar dat is geen kunst, die volgen een script. Ik moet er niet zo moeilijk over doen. Misschien is het juist goed voor onze relatie, gek veel slechter dan nu kan het trouwens toch niet gaan.

'Hé, wat zie jij er mooi uit.' Robbert kijkt me verbaasd aan als ik beneden kom.

Shit, komt-ie nou mee. Zou dat een teken zijn dat ik het

niet moet doen? Ik hou het hoofd koel. 'Dank je, dat hoor ik niet vaak meer.'

'Je maakt je ook nooit meer zo mooi op.'

'Jawel hoor, maar jij ziet het nooit. Ik moet nu weg, moet om acht uur in Amsterdam zijn.'

'Wordt het laat denk je?'

'Ja, vast. Er is eerst een presentatie over een nieuwe crème, en er is een dermatoloog uit Amerika met een toespraak. Daarna nog een diner. Dus ik ben vermoedelijk niet voor één uur thuis. Blijf maar niet op.'

'Goed, veel plezier dan.'

'Welterusten alvast.'

Ik weet niet waarom ik heb gelogen tegen Robbert over dit uitje. Ik had natuurlijk best kunnen vertellen dat ik met een collega naar een concert ga. Grote kans dat hij dat helemaal niet gek had gevonden. Maar ik heb geen zin in vragen en dit leek de makkelijkste weg. Toch voel ik me schuldig. Het waait hard. Ik trap stevig door op weg naar het station om flink de wind door mijn haren te voelen. Ik zie wel hoe de avond loopt. Vanavond wil ik me nergens druk om maken. Me goed voelen. Mezelf. Zoals ik was voor de bevalling.

Wat is het lang geleden dat ik naar een concert ben geweest. Toen Tara er nog niet was, deed ik dat heel vaak. Gewoon, op de fiets stappen en de deur uit. Nu lijkt het allemaal zo ingewikkeld.

Als ik eindelijk bij Paradiso aankom, is Jeroen er al. Hij staat voor de deur op me te wachten met verwaaide haren en ziet er stoer uit met zijn beige ribjas en grote gebreide sjaal.

'Wat zie je er mooi uit,' zegt hij en geeft me drie zoenen.

Ik geloof dat ik bloos. Gelukkig is het al een beetje donker.

'Dank je. Mijn haar is nogal verwaaid.'

'Dat staat juist grappig.'

'Zullen we naar binnen gaan?' zeg ik, voordat ik nog roder word. We lopen langs de kaartcontrole, geven onze jas af en lopen door naar de bar. Het is druk en warm in de zaal, en er is veel lawaai. Poeh, hier moet ik aan wennen. Lawaai, rook, benauwd, vol. Ik hoor het mijn moeder nog zeggen als ik vroeger vertelde dat ik naar een concert was geweest: 'Kind, hoe hou je 't vol, met al die herrie en die rokende mensen?' Gedurende een moment voel ik me een oude taart en betrap ik mezelf erop dat ik het erg vol en rokerig vind. Maar als ik om me heen kijk, zie ik volop mededertigers, dat helpt. Tja, Amsterdam, daar ga je nog uit als je dertig bent en kinderen hebt. Daar boek je gewoon een oppas. Wat zijn Robbert en ik toch ingeslapen. Wij kunnen dit ook doen. Wat is er toch met ons gebeurd?

'Hé, wat kijk je moeilijk. Ik heb een biertje voor je weten te bemachtigen,' schreeuwt Jeroen in mijn oor.

'Dank je, en proost! Zullen we anders boven gaan zitten, daar is het rustiger,' schreeuw ik, terwijl ik naar boven wijs. Ik herinner me uit mijn studententijd dat je daar altijd wel een hoekje kon vinden waar je kon praten.

Als we op een wat stiller plekje zitten, merk ik dat ik zenuwachtig ben. Wat moet ik zeggen? Ik begin over het werk en vraag hem hoe het bevalt. 'Er zijn niet veel mannen die het leuk vinden om bij een glossy te werken.'

'Mij bevalt het prima. Ik ben er ingerold, maar zou op dit moment niets anders willen. Dat vrouwenwereldje trekt me wel. Ik vind het een schone taak om op zo'n vrouwenredactie de stem van een man te laten horen. In brainstorms merk ik hoe verschillend vrouwen over veel dingen denken. Het is onvoorstelbaar waar jullie je allemaal mee bezighouden. Ik vrees dat ik nooit goed zal worden in het schrijven van de relatieverhalen, maar zolang ik de interviews en de buitenlandreportages kan doen, ben ik happy. En jij, hoe gaat het met jou? Ik zie je vaak met rode vlekken in je nek van de stress achter de computer zitten. Trek je het allemaal?'

'Het is druk. Maar ik ben blij dat Jeannette me de kans geeft me te bewijzen en ik vind het werk fantastisch om te doen. Het ziet ernaar uit dat ik Myrna's baan kan overnemen. Dat voelt heerlijk. Daar heb ik wel wat stress voor over,' bluf ik.

'Goed hoor, dat je die beslissing durft te nemen, ook al heb je een kleintje.'

'Ik moet het thuis nog bespreken, maar ik denk dat we er wel uitkomen,' bluf ik vrolijk verder. 'Hé, maar vertel eens over je vakantie. Je gaat toch binnenkort naar Chili? En mag ik misschien een sigaret van je? Ik heb er ineens zo zin in.'

'Tuurlijk, ik wist niet dat je rookte, maar pak gerust als je wilt.'

Ik had me echt voorgenomen nooit meer te roken na de zwangerschap. Maar nu mag het. Dit is een speciale gelegenheid. Mmm, lekker zo'n sigaret. En het bier smaakt vanavond ook al goed. Op dat moment wordt het licht in de zaal gedimd en gaat de muziek uit. Een kleine vrouw met lang haar en een gitaar stapt het podium op.

'Kom, laten we naar beneden gaan.' Jeroen pakt mijn hand en trekt me mee de trap af de zaal door. Mmm, hand in hand. Wat voelt dat intiem. Bedoeld om elkaar niet kwijt te raken, maar toch. Halverwege de zaal staan we stil en laat hij me los. We luisteren naar wat saaie countryachtige nummers. Geen flitsend concert dit. Ik ben er ook helemaal uit wat muziek betreft. Is dit hip?

Om halfelf bedenk ik dat ik absoluut mijn telefoon moet checken. Stel dat Robbert heeft gebeld? Ik snel naar de wc. Als ik op de bril ga zitten, merk ik dat ik een beetje duizelig ben. Dat bier komt hard aan. Of zijn het de sigaretten? Wat een rare avond is dit trouwens. Het is gezellig, maar Jeroen flirt niet echt met me. Was het allemaal mijn verbeelding en wil hij helemaal niets? Als ik mijn broek heb opgetrokken, check ik mijn mobiel. Gelukkig heeft Robbert niet gebeld. Ik haal twee biertjes en loop terug naar Jeroen. Die zit een beetje sip op een bankje. Hij lijkt vanavond niet zo vrolijk als gewoonlijk.

'Is er wat aan de hand?' probeer ik voorzichtig.

'Niets bijzonders, hoezo?'

'Je kijkt somber en lijkt er vanavond niet helemaal bij met je gedachten.'

'Sorry.'

Stilte. Hij wil er blijkbaar niet over praten.

'Hoe is het met Eline?' probeer ik het gesprek weer op gang te brengen.

Jeroens gezicht betrekt. 'Niet zo. Ik heb haar deze week helemaal niet gezien. Problemen met mijn ex.'

'Bah, wat akelig. Hoe kan dat dan, hebben jullie geen co-ouderschap?'

'Jawel, ik heb het recht om haar te zien, maar Tamara, mijn ex, kan soms vreselijk moeilijk doen. Ik moest wat schuiven met mijn dagen door dat interview met die schrijfster in Londen, en Tamara wilde niet meewerken.'

'Dat klinkt niet of jullie een goede verstandhouding hebben. Wat rot voor je.'

Stilte.

'Waardoor is het eigenlijk mis gelopen bij jullie? Of wil je daar liever niet over praten?'

'Waarschijnlijk vind je me een lul als ik dat vertel, net als die mannen in je verhaal.'

'Hoezo, ging jij ook vreemd?'

'Het was meer dat we erg uit elkaar waren gegroeid. Zoiets als wat we bespraken toen, voor jouw artikel. Tamara was een fantastische meid toen ik haar ontmoette. Maar ik kende haar op een gegeven moment niet meer terug. Altijd maar stressen, mopperen, nooit was er iets wat ik deed goed. Ik heb daar heel vaak met haar geprobeerd over te praten, maar ze wilde niets veranderen. Ze begreep niet eens waar ik het over had. Op een dag werd ik verliefd op een ander. Ja, dus letterlijk genomen ging ik ook vreemd. Maar op dat moment was er van enige liefde tussen mij en Tamara al geen sprake meer. Vind je me nu een zak?' Jeroen kijkt me vragend aan.

'Eigenlijk wel. Je weet hoe ik denk over mannen die bij hun vrouw weggaan als er net een baby is.' Ik merk dat ik verstrak.

'Hallo, ik ben echt niet zo'n slechterik, hoor. Ik heb eerst heel veel energie gestoken in onze relatie. Maar als de ander niet ziet waarover je het hebt, houdt het op. We begrepen elkaar absoluut niet meer. Toen de stemming thuis om te snijden was en we alleen nog maar ruziemaakten en kribbig tegen elkaar deden, vond ik het genoeg. Hoe graag ik ook een gezin wilde vormen voor Eline, hier werd niemand gelukkig van. Ik ben dus niet weggegaan omdat er een ander was. Het was meer een soort logische stap. Ik vond het fijn dat ik met iemand anders wel goed kon praten.'

'En meer neem ik aan,' zeg ik spottend.

'Ja, tuurlijk, dat ook. Vreselijk dat je seksleven zo kan veranderen in een paar jaar.'

Ik geloof dat ik hier maar niet op inga. Ik heb geen zin om mijn seksleven met Jeroen te bespreken.

'Maar genoeg over mij. Gaat het goed met jou en je man, Robbert heet hij geloof ik? Zijn jullie gelukkig?'

'We hebben ook onze problemen natuurlijk,' zeg ik neutraal. 'Zoals elk stel met jonge kinderen. Het is wennen, laten we het daar op houden.'

'Dat idee had ik al. Ik vang wel eens wat op van je gesprekken aan de telefoon. Maar geen reden om uit elkaar te gaan, hoop ik?'

'Nee, dat geloof ik niet. Hoewel ik hoop op betere tijden. Misschien ontkomt geen enkel stel met kleine kinderen aan deze beproeving. Maar ik hoop dat we erdoorheen komen. Robbert is als vader in ieder geval fantastisch.'

'Maar jij wilt niet alleen een fantastische vader, maar een fantastische man.'

'Als dat zou kunnen.'

'Nemen we er nog eentje?' Voordat ik kan antwoorden, staat Jeroen al bij de bar en een halfuurtje later sta ik te tollen op mijn benen. Tijdens de zwangerschap en de borstvoeding hob ik zo weinig gedronken dat ik er helemaal niet meer tegen kan.

'Zullen we nog een kop koffie drinken bij mij thuis?' Kijkt Jeroen me verleidelijk aan of is dat de alcohol? 'Ik woon hier om de hoek. Kan ik je gelijk die cd laten horen waar ik het gisteren over had op de redactie.'

God, da's waar, muziek was altijd dé smoes om iemand mee te krijgen. Is dit het teken dat hij meer wil? Wat wilde ik ook alweer? Hij is zo aantrekkelijk. En lacht zo lief.

'Prima, ik ben benieuwd hoe je woont,' zeg ik alsof ik niet kan wachten om zijn inrichting te zien. In het holst van de nacht.

Jeroen haalt mijn jas op en helpt me erin. Streelde hij nou echt over mijn hand toen hij mijn arm in de mouw hielp? Buiten stormt het inmiddels behoorlijk hard en het begint te regenen.

'Kom op, als we hollen, zijn we er in één minuut.' Jeroen trekt aan mijn arm en zet het op een lopen. Ik probeer hem bij te houden, maar dat valt niet mee op deze hakken.

'Na jou, ik woon op de eerste,' zegt Jeroen als we hijgend bij een voordeur met vier bellen staan. Ik loop een lange trap op en sta op een donkere overloop.

'Sorry, de lamp is al tijden stuk, die moet ik nog steeds vervangen.' Terwijl Jeroen de sleutel zoekt, moet ik me inhouden om hem niet aan te raken. Hij staat erg dichtbij en ruikt zo lekker vanavond. Iets moderns en fris. Calvin Klein? Of Davidoff? Als de deur opengaat, pakt Jeroen mijn hand. 'Hier rechtdoor, kom maar, dan doe ik het licht in de woonkamer aan.' Hij doet het licht aan en laat mijn hand los. Ik sta in een grote kamer, die er heel anders uitziet dan ik had verwacht. Het is netjes. Opgeruimd. Ruim. Links staat een grote bruine bank. Daartegenover een enorme tv. Om de hoek is een open keuken.

'Ik ga koffie maken. Of wil je liever nog een biertje?'

'Ach, doe nog maar een biertje.' Ik ga op de bank zitten en neus in de stapel tijdschriften die ernaast ligt (heerlijk, een man die van tijdschriften houdt!) terwijl Jeroen in de keuken staat.

Hij komt terug met twee biertjes, zet een cd op en gaat naast me zitten. 'Ik vond het een hele leuke avond. Je blijft toch nog wel even?'

'Eigenlijk moet ik dat niet doen, hè? En ik moet niet de laatste trein missen natuurlijk. Maar ik vind het ook erg gezellig,' zeg ik zachtjes. Hij zit zo dicht naast me dat ik het er warm van krijg.

'Blijf nou maar, geniet van het moment.'

Waar heb ik dit eerder gehoord? Dit is iets wat Robbert had kunnen zeggen. O god, Robbert. Niet aan denken. Ik voel me net zo fijn.

Jeroen trekt mijn hoofd tegen zich aan en streelt over mijn haar. De muziek is mooi. Geen idee wat het is, maar het is de perfecte muziek voor dit moment. Terwijl ik met mijn hoofd op Jeroens schouder lig, voel ik me voor het eerst sinds tijden helemaal ontspannen. Eindelijk even mijn gedachten op nul. Jeroen pakt mijn biertje en zet het op de grond.

'Kom,' zegt hij, terwijl hij me op de vloer trekt, op het dikke kleed. Hij tilt mijn kin op en kijkt me aan. 'Wil je dit wel?'

'Uhuh,' weet ik nog net te mompelen en dan trek ik hem naar me toe en begin hem te zoenen. God, wat een zachte lippen. Ik sla mijn armen om hem heen en woel met mijn handen zachtjes door zijn haar. Hij kreunt een beetje. Heel lief. Voor ik het weet lig ik half over hem heen en heb ik mijn hand onder zijn trui. Ik ben het blijkbaar nog niet verleerd.

Terwijl ik zachtjes zijn nek zoen en met mijn tong langs zijn oor ga, maakt hij met een hand mijn bh los. Gelukkig, mijn borsten zijn gezwollen en mijn tepels strak van de opwinding. Dan voelen ze vast minder slap. Ik laat mijn tong over zijn borstkas en buik gaan en draai kringetjes om zijn tepels. Met mijn hand voel ik door zijn broek heen dat hij een behoorlijk stijve heeft. Zachtjes duwt Jeroen me achterover en begint mijn borsten te kussen. Dan knoopt hij mijn broek open en begint me te vingeren. Eerst een vinger, dan twee, o, dit is lekker. Ik kom bijna klaar, maar duw Jeroen dan weer achterover en knoop zijn broek los. Behendig trek ik mijn eigen broek uit en ga in mijn string op hem zitten. Terwijl ik me voorover buig om hem te zoenen, maak ik draaiende bewegingen met mijn heupen en voel ik zijn penis tegen mijn kruis prikken.

Als Jeroen mijn string opzij probeert te schuiven, gaat het echter helemaal mis. Ik zie ineens Tara voor me, hoe ze in haar bedje ligt in haar slaapzak. En een flits van een beeld van Robbert met Tara op de schommel, in de speeltuin. Tara giert het uit van de pret. En Robbert met Tara in de draagzak op het strand. Robbert kijkt stoer. Tara kijkt trots.

Waar ben ik mee bezig? Ik ben getrouwd! Ik heb een kind! Ik wil mijn gezin niet op het spel zetten! Ik kan niet vreemdgaan!

'Sorry,' mompel ik, terwijl ik van Jeroen afglijd.

'Hé, wat is er?' Jeroen schiet overeind en kijkt me geschrokken aan.

'Ik kan het toch niet,' zeg ik met tranen in mijn ogen, en ik grijp mijn broek en shirt.

'Jézus.' Jeroen laat zich achterovervallen op het kleed.

Ik zeg onder het aankleden nog een stuk of vier keer sorry en ren dan het huis uit. Shit. Ik val bijna van die donkere trap. Ik hol naar de tramhalte en ben blij dat er gelijk een tram aankomt. Het licht in de tram is fel en ik ben in één keer helemaal nuchter. Shit. Wat heb ik gedaan? Wat ben ik toch een trut!

Ben ik nou wel of niet vreemdgegaan, vraag ik me af als ik de volgende ochtend wakker word. Ik heb hoofdpijn. Hoe laat is het eigenlijk? Robbert is al naar zijn werk. Hij zou Tara vandaag ophalen zodat ik lang door kan werken. Wat een schat is het toch. Even om de hoek kijken bij Tara. Die slaapt nog. Gelukkig. Nog even tijd voor mezelf. Wat heb ik in godsnaam gedaan? Ik voel me behoorlijk belachelijk. Maar ik heb natuurlijk niet echt seks gehad. *I did not have sex with that woman*, zei Bill. Dat vond ik een vette leugen toen alles uitkwam. Maar ik ben niet klaargekomen. Hij wel, getuige de jurk van Monica. Als je niet klaarkomt telt het toch niet echt als vreemdgaan? Moet ik dit opbiechten aan Robbert? Eigenlijk voel ik me ook schuldig ten opzichte van Jeroen. Natuurlijk heb ik het volste recht om het uiteindelijk niet te doen, maar ik ben praktisch zijn armen ingerénd en ik begon met zoenen, geloof ik. Staat tegenover dat hij heel goed weet dat ik getrouwd ben. Jezus, wat een ellende. En voor wat eigenlijk? Nou heb ik én geen goede seks gehad en wel een megaschuldgevoel.

Ik moet opstaan, Tara naar de crèche brengen en naar het werk. Zou Jeroen er ook zijn? Kan ik nog wel met hem samenwerken? Trut. Had nou eens wat beter nagedacht voordat je hier allemaal aan begon. Je zit behoorlijk in de nesten. Alleen maar omdat je een aandachtsprobleem hebt en je weer vrouw wilt voelen. Hadden een paar dagen beautycentrum dat probleem niet kunnen oplossen?

Als ik op de redactie kom, is het tamelijk uitgestorven. Gelukkig. Veel atv'ers vandaag. Jeroen is nergens te bekennen. Ik heb twee aspirines genomen om mijn hoofdpijn weg te werken. Vandaag moet ik er maar een archiveerdag van maken. Al die stapels op mijn bureau maken me behoorlijk zenuwachtig. En die postachterstand. Absoluut frustrerend voor een controlefreak en planner als ik. Na twee uur stapels te hebben weggewerkt gaat de telefoon. 'Redactie *Women's world*, met Elizabeth Dekker.'

'Met Jeroen.'

Oef, wat moet ik zeggen. Ik voel me rood worden. Gelukkig zijn de drie collega's die vandaag werken net gaan lunchen.

'Hoi,' zeg ik uiteindelijk maar.

'Ben je goed thuisgekomen gisteren?'

'Ja. En nogmaals sorry. Ik weet niet zo goed wat ik verder moet zeggen.'

'Ik had het eventjes behoorlijk met je gehad toen je wegging. Maar ik snap het wel. Maak je er maar niet te druk om.'

'Ik voel me nogal belachelijk. Maar ik kon het toch niet op het *moment suprême*. Moest aan Tara denken. En aan Robbert en ons gezin enzo.'

'Laat maar, je bent me geen uitleg verschuldigd.'

'Maar het lag niet aan jou.'

'Mijn ego is flink gekrenkt, dat snap je wel,' zegt Jeroen plagend. 'Maar ik kom er wel overheen. Na een halfjaar psychische begeleiding. En een borsthaarimplantatie.' Hij kan er alweer grapjes over maken.

'Gelukkig ben je geen vrouw. Dan zou je je inderdaad om dat soort dingen druk gaan maken. Maar je weet het hè? Ik vind je super. Ik geloof alleen niet dat ik in staat ben om vreemd te gaan. Ben veel te bang voor wat ik dan allemaal overhoop haal. Kom je vandaag nog op de redactie?'

'Nee, ik ben thuis een interview aan het uitwerken. En volgende week ook veel op pad plus daarna alweer naar Chili. We zullen elkaar de komende tijd dus niet veel zien.'

'Is misschien maar beter zo, voor een tijdje. Kom ik ten minste niet opnieuw in de verleiding.'

'Hou je taai.'

'Ja, gaat lukken.'

Gelukkig. Jeroen is niet kwaad. Wat is het toch een schatje. Als ik geen man en kind had, wist ik het wel.

MAAND 12 NA BEVALLING
Schuldgevoel over: alles.
Irrationele gedachte: het gaat prima samen, carrière
maken en een kind.
Vervangen door: carrière en kind gaan niet samen. Je
moet een keuze maken.

Ik heb een dag vrij genomen. Chef of geen chef. Morgen is Tara jarig. Eén jaar. Wat een mijlpaal. Ik ga een grote taart kopen. En slingers. En ballonnen. Eelke komt langs met de kinderen. En nog zo'n zes volwassenen en acht kinderen. Ik voel me schuldig dat ik vrij ben en toch Tara naar de crèche heb gebracht. Maar ach, schuldgevoel vormt momenteel geloof ik de rode draad in mijn leven. Alleen is het dit jaar nog wat erger geworden. Ik weet bijvoorbeeld niet wat ik met mijn schuldgevoel ten opzichte van Robbert moet. Dat van Jeroen zit me niet lekker, al geloof ik niet dat hij iets aan me heeft gemerkt. Ik ben wel extra lief voor hem. Het heeft dus ook zijn positieve kanten, een semi-vreemdgaan-actie. Mijn schuldgevoel ten opzichte van Tara (heb ik het afgelopen jaar wel genoeg aandacht aan haar besteed?) ga ik dit weekend afkopen met een knalfeest. Ik zou natuurlijk zelf een taart moeten bakken, maar bedacht vanochtend dat ik zeker een uur voor mezelf overhoud als ik er gewoon een koop.

Daar zit ik dan, een boodschappenlijstje te maken waar vooral snoep, koek en limonade op staan. Wat heb ik die moeders de afgelopen jaren vervloekt met hun belachelijke partijtjes. Ik heb vaak genoeg gezworen dat ik niet aan die onzin mee zou doen als ik zelf kinderen had. Ik zag er de lol niet van in. Alsof zo'n kind er iets van begrijpt. Ik heb ook regelmatig smoezen verzonnen om onder dit soort kinderfeestjes uit te komen. Maar ik snap nu hoe belangrijk een eerste verjaardag is. Het is het begin van de toekomst. Het eerste jaar is het zwaarst zeggen ze altijd. Vanaf nu komt het allemaal weer goed. Tara gaat heel gemakkelijk worden. Robbert en ik krijgen weer tijd voor onszelf. Onze relatie zal verbeteren. De laatste overtollige kilo's zullen eraf vliegen. *I wish.* Eerst nog inkopen doen. En het huis versieren. En cadeaus kopen. En schoonmaken. En iets kopen om aan te trekken, zodat ik in ieder geval de hipste moeder ben op het partijtje.

De dag na het feestje zit ik gesloopt op de bank voor me uit te staren. Robbert is boodschappen aan het doen. Ik heb beloofd de kamer te dweilen, omdat de vloer vol plakkerige rozijntjes, kinderchocolade en fristi zit. Ik kan mezelf er niet toe zetten de dweil te pakken. Ik zit zelf als een reuzerozijn aan de bank vastgekleefd. Waarom kan ik nooit iets half doen? Een béétje leuk, een béétje goed. Maar nee, het feestje moest perfect zijn. En dus heb ik gistermiddag toch nog een grote taart gemaakt met bovenop een geglazuurd laagje in de vorm van een Teletubbie, ben ik vier cd-winkels afgeweest om die ene kinderfeest-cd te kopen waar ik over had gelezen in *Kinderen* en heb ik kleine cadeaupakketjes geknutseld voor de kindjes. Natuurlijk was het allemaal een groot succes, maar voor mij was het absoluut te veel. Ik ben compleet doodop, oververmoeid en als ik heel eerlijk ben, geloof ik zelfs dat ik weer op weg ben overspannen te worden. Niet dat dat door het feestje komt, maar toen ik vanmorgen om vijf uur wakker werd en echt niet meer in slaap kon komen, werd het me allemaal pijnlijk duidelijk. De tekenen:

- Ik slaap slecht
- Ik kan me niet ontspannen
- Ik ben opvliegend
- Ik heb het gevoel dat alles te veel is
- Ik zit vaak te huilen of te vechten tegen mijn tranen
- Ik heb het regelmatig benauwd
- Ik heb af en toe hartkloppingen

Goed. Deze symptomen herken ik dus. Maar ik kan er niets mee. Ik durf voor geen goud tegen Robbert te zeggen dat ik me niet goed voel. Myrna vertrekt over twee maanden definitief naar het buitenland. Jeannette is erg tevreden over me. De kans om chef te worden is nog nooit zo groot geweest. Ik kan nu echt niet instorten! Als ik tegen Robbert zeg dat het te veel is, zegt hij dat ik minder moet werken. Dat ik terug moet naar mijn oude functie. Maar dat wil ik niet! Ik heb er nu aan geroken hoe het is om chef te zijn. Ik wil niet langer gewoon redacteur zijn. In mijn hoofd is de knop al om.

Ik mag nu beslist niet instorten. Tara slaapt de laatste week 's nachts door. Dat scheelt. Misschien is dit de definitieve doorbraak? Gaat ze vanaf nu altijd goed slapen? Nu moet ik nog ophouden met piekeren over Robbert en mij. Maar ik voel me zo schuldig over wat er met Jeroen is gebeurd. Zal ik het dan toch maar opbiechten? Is daar geen handleiding voor? Wat hoor je je partner wel en niet te vertellen? Misschien moet ik er eens wat oude *Viva's* op naslaan.

Don't go! Het is bomvol in The Eighties en Yazoo staat op. Eelke is boos.

'Sorry dat ik de vorige twee keren onze afspraak heb afgezegd,' probeer ik het goed te maken. 'Ik ben ook zo druk en voel me zo gestrest. Ik kan het echt niet opbrengen om nog afspraken te maken 's avonds. Ben je alsjeblieft niet al te boos?'

'Eigenlijk baal ik er behoorlijk van. Onze eetafspraken zijn heilig hebben we ooit tegen elkaar gezegd. Bovendien geloof ik niet dat het je iets oplevert om onze afspraken af te zeggen. Je hebt ontspanning nodig. Ik zie dat je helemaal opgefokt bent. Waarom verander je nou niet eens wat in je leven? Sinds je promotie hebt gemaakt, lijk je helemaal niet lekker in je vel te zitten.'

'Tja, het gaat ook niet zo goed,' zeg ik, bijna in tranen. 'Ik weet het niet meer. Ik heb het te druk en thuis loopt het allemaal niet lekker. Met Robbert en mij gaat het niet goed en ik voel me zo schuldig over dat gedoe met Jeroen.'

'Daar hebben we het toch over gehad aan de telefoon? Hou toch op jezelf te kwellen. Zoveel mannen gaan vreemd en die gaan dan echt wel een stapje verder dan jij. Je hebt het uiteindelijk niet gedaan en voor je relatie met Robbert gekozen. Dan is het toch goed? Klaar. Niet vertellen en niet meer aan denken. En ga nou eens een weekend weg samen. Ik vertel je al een jaar dat je tijd voor elkaar moet nemen, maar ik heb nog niets gezien dat erop duidt dat je mijn advies ter harte neemt.'

'Ja, je hebt gelijk. Ik weet wel dat ik een groot deel van mijn energie verspil aan gepieker en gepuzzel. Gelukkig ben ik dadelijk bijna een week vrij en dan ga ik alles op een rijtje zetten, goed?'

'Ja, en vergeet je vrienden niet. Ik heb er geen zin in dat je elke maand onze afspraak afzegt. Ik heb het ook druk met de kinderen en heb het keihard nodig om in ieder geval een keer per maand mijn hart te luchten en een avondje te kunnen lachen.'

'Helemaal waar. Nog even over Jeroen, vind je het echt kunnen om het tegenover Robbert te verzwijgen?' begin ik opnieuw.

'Jaha, absoluut. Blijf er nou niet over piekeren, maar haal het positieve eruit en ga daarmee aan de slag. En dat is dat je voor Robbert hebt gekozen. Sleep hem voor dat sportjournaal vandaan en zeg dat je een goed gesprek met hem wilt. Ga niet lopen zeuren of door grapjes erachter proberen te komen wat hij het afgelopen jaar heeft uitgevreten, maar voer een serieus gesprek over wat er moet veranderen om meer het oude gevoel terug te krijgen. Regel dat weekend weg, plan een vaste avond in om samen wat te doen, kijk of een van de twee het werk anders kan organiseren, probeer je ouders zover te krijgen dat ze af en toe komen oppassen. Echt, jullie zijn niet het eerste stel dat hier tegenaan loopt en er zijn genoeg oplossingen. Alleen de stellen die het maar laten gebeuren, redden het uiteindelijk niet. Maar jullie wel. Jullie zijn voor elkaar gemaakt.'

'Ik houd nog steeds veel van hem,' zeg ik zacht. Olivia Newton John zingt *Hold on 'til the end, that's what I intend to do, hopelessly devoted to you,* om mijn woorden kracht bij te zetten. 'Bedankt voor je peptalk. Volgende week als ik vrij ben, zal ik proberen met Robbert te praten. Nu genoeg over mij. Hoe is het met jou?'

'Liz, moeten we niet eens praten?' vraagt Robbert een paar dagen later, terwijl hij tegen me aan kruipt in bed. O mijn God. Hij heeft het ontdekt. Zou Eelke het hebben verteld van Jeroen en mij? Zij is de enige die het weet. Belachelijk idee natuurlijk, aangezien ze het mij juist al tien keer heeft afgeraden om het te vertellen. Ik heb Jeroen niet meer gesproken en hij is nu op vakantie, dus hoe kan Robbert het dan weten?

'Moet dat nu? Ik ben doodop.' Ontwijk, ontwijk, ik moet dit gesprek zien uit te stellen. Ik ben nu absoluut niet in staat om een moeilijk gesprek te voeren want ik heb net iets te veel gedronken op de borrel van een jarige collega en wil nu héél graag slapen.

'Ja, ik heb gemerkt dat je doodop bent. Maar dat ben je de laatste weken altijd. Dit gaat niet goed zo. Je vraagt te veel van jezelf.'

'O, wil je daar over praten?' Gelukkig, dat valt mee.

'Ik denk dat het belangrijk is dat we eens gaan kijken hoe het verder moet. Ik neem aan dat je binnenkort ook aan Jeannette moet laten weten of je chef wilt worden?'

'Ja, ik heb volgende week een afspraak met haar.'

'Moeten we dan niet overleggen wat je gaat doen?'

'Ik weet dat jij wilt dat ik het niet doe.'

'Hoezo? Dat heb ik toch niet gezegd? Maar het afgelopen jaar viel inderdaad niet mee.'

'En dus moet ik maar weer redacteur worden.'

'Het is in ieder geval te veel voor je nu. Sinds je de taken van Myrna erbij doet, loopt het allemaal niet echt lekker. Volgens mij moeten we erover nadenken hoe we verder gaan. Ik wil in ieder geval niet op deze manier leven. Jij?'

Robbert trekt me naar zich toe. Dat is lang geleden. Ik moet eraan wennen om zijn lijf tegen me aan te voelen.

'Nee, ik vind het ook niet super zo,' zeg ik met een benepen stemmetje terwijl ik de tranen voel opkomen. 'Het is telkens hollen en vliegen. En dat gestress met de crèche elke keer. Het gepuzzel wie wat wanneer doet. En dan heb ik het er nog niet over wat we doen als Tara ziek is. Dat vreet zoveel energie. Maar ik zie geen oplossing. Ik wil niet meer alleen redacteur zijn. Zeg het nou maar, je vindt dat ik geen chef moet worden hè?'

'Dat zou een oplossing kunnen zijn.' Stilte. 'Maar er zijn ook andere mogelijkheden,' gaat hij door.

Ik schiet overeind. 'Ik weet dat jij het niet ziet zitten, maar ik wil het wel echt heel graag. Ik wil deze kans niet laten liggen. Wat voor andere opties zijn er trouwens?' vervolg ik als tot me doordringt dat hij er nog iets achteraan zei, en ik ga weer tegen Robbert aan liggen.

Hij draait me naar zich toe en zegt: 'Als jij absoluut voor die functie wilt gaan, denk ik dat ik minder moet gaan werken.'

'Echt? Zou je dat willen?' Ik kijk hem verbaasd aan. 'Zodat

ik chef kan worden?' vraag ik compleet overdonderd.

'Ik zie wel dat het heel belangrijk voor je is. En ik snap het ook, het is natuurlijk een superkans. Misschien doe ik er niet altijd even positief over, maar ik vind het écht goed van je dat je je afgelopen halfjaar zo kranig hebt geweerd, dat je je hebt bewezen en dat je nu chef kunt worden. Het heeft echter wel z'n weerslag op onze relatie. Je merkt het misschien niet zo aan me, maar ik denk heus ook na over ons en onze relatie. Afgelopen jaar viel me behoorlijk zwaar.'

'Mij ook. Het is wennen aan dit nieuwe leven hè? Maar vanaf nu gaat het vast beter, het eerste jaar is het zwaarst zegt Eelke altijd,' probeer ik positief te doen.

'Misschien. Maar als jij chef wilt worden, moeten we toch een oplossing zoeken voor thuis, ook al wordt het makkelijker met Tara. Want het blijft een hectisch bestaan als we allebei een drukke baan hebben en voor een kleintje moeten zorgen. Ik zit erover te denken om drie dagen te gaan werken.'

'Jee, zou je dat dan écht willen?'

'Eerlijk gezegd verheug ik me er zelfs op. Afgelopen tijd heb ik veel nagedacht over mijn bedrijf en hoe ik daarin sta. Ik baal ervan dat ik me na al die jaren nog steeds druk maak over nieuwe klanten en meerdere avonden per week met het werk bezig ben. Dit is nooit wat ik heb gewild in het leven. Ik wil meer vrije tijd, niet elke dag hetzelfde doen. Een jaartje of langer minder werken is misschien wel dé oplossing. Kan ik eindelijk eens mijn fotografie weer oppakken. En meer tijd met Tara doorbrengen natuurlijk.'

'Dat zou geweldig zijn. Maar denk je dat je partners dat goed vinden?'

'Ik ben niet voor niets eigen baas, dus als ik daarvoor kies, moet dat kunnen. Wat de anderen daarvan vinden weet ik nog niet, maar ik regel het wel met ze. Desnoods stap ik uit de maatschap en ga ik alleen verder vanuit huis. En als het niet bevalt kunnen we toch altijd opnieuw kijken?'

'Jemig. Dat zou ik echt fantastisch vinden. Dan hoeft Tara nog maar drie dagen naar de crèche! En als we dan vaker het overbuurmeisje inschakelen om op te passen, hebben we ook echt meer vrije tijd. Het zou een stuk schelen in alle drukte. Maar weet je zeker dat je dat wilt? Je moet het niet alleen voor mij doen hoor, dan verwijt je het me later.'

'Natuurlijk niet. Ik weet het zeker. Als ik minder ga werken, hebben we een rustiger leven. Kan ik meer de zorg voor Tara en het huishouden op me nemen en tijd aan dingen besteden die ik echt leuk vind en kun jij chef worden. Hopelijk houden we ook nog wat meer energie over voor ons samen.'

'Dat schiet er nogal bij in hè, het laatste jaar? Maar ik houd nog wel heel veel van je,' zeg ik terwijl ik hem een kusje geef in zijn nek en nog dichter tegen hem aankruip. Mmm. Wat voelt het toch veilig bij Robbert. Ik vind hem lief.

'Ik ook van jou. Ga maar lekker slapen. We hebben het er morgen nog wel over.'

Het leven is fijn als Robbert voor me zorgt. Alles komt goed. Misschien houdt hij toch nog van me.

Ingepakt:
- Sexy lingerie
- Total Turnaround Cream van Clinique
- Make-up
- Nieuwe jurk (sexy!)
- Gouden oorringen
- Fles cognac
- Zak borrelnootjes (en voor mij mini-rijstwafeltjes)
- Condooms
- Waxinelichtjes

Ik heb voor twee nachten een hotel in Maastricht geboekt. Mijn ouders zijn zojuist gekomen om op Tara te passen. Ik ga Robbert verrassen. Als hij dadelijk thuiskomt, stop ik hem in de auto en neem hem mee. Voor het eerst twee nach-

ten samen zonder Tara! Ik zie ertegenop, maar op de persreisjes kan ik ook zonder Tara, dus dat is flauwekul. En het
wordt tijd om Eelkes advies op te volgen. Er samen tussenuit
als redding voor onze relatie. Ik voel me al wel een stuk beter
sinds Robbert heeft gezegd dat hij minder wil gaan werken.
Ik heb ook echt zin in dit weekend. Ik ben zelfs bijna een
beetje ontspannen! Dat van Jeroen ga ik Robbert nooit vertellen, en ik ga Robbert ook niet vragen of hij een relatie
heeft gehad het afgelopen jaar. Wat doet het ertoe? Hij wil
samen verder en ik ook. We gaan er samen wat van maken.
Drie dagen voor onszelf. Samen de kroeg in, uit eten, bios-
coop, vrijen, uitslapen. Ik kan me bijna niet meer voorstellen hoe dat is.

Ik hoor de sleutel in het slot. Ha, daar is Robbert. Als ik de
weekendtas wil dichtritsen, zie ik de condooms bovenop liggen. Ik hengel ze eruit en gooi ze op het nachtkastje. Weg ermee! Zou het niet fantastisch zijn voor Tara als ze een broertje kreeg?